Friederike Schmöe

Mind Games

Friederike Schmöe

21st century thrill

Mind Games

Wir wünschen Ihnen viel Spaß beim Lesen! Da uns Ihre Meinung zu diesem Buch sehr interessiert, freuen wir uns über Ihr Urteil! Erscheint am 10. 6. 2012. Bitte nicht vorher besprechen.

KOSMOS

SAMSTAG

Kris trat in die Pedale. Violette Wolken wölbten sich über den Himmel. Die Rucksackriemen schnitten in seine Schultern. Ihm war kalt. Er wollte heim.

Die Klasse war am frühen Nachmittag am Hauptbahnhof angekommen. Jon hatte vorgeschlagen, die neu gewonnene Freiheit und den Beginn der Sommerferien nach zwei Wochen Landschulheim zu feiern. Sie waren ins Starbuck's gegangen. Er, Jon und Val. Val ging gern dorthin, versank sofort in einem staubigen Sessel, klappte ihr Notebook auf und hing schon im Netz. Sie war richtig süchtig nach dem Internet, bloggte und twitterte, dass Kris sich fragte, wer das Zeug eigentlich alles lesen sollte. Kurz darauf quetschte Jon sich zu Val in den Sessel und die beiden waren total in ihrem Element. Skype, Facebook, all so was. Kris fühlte sich ausgeschlossen. Dieses dumme, klamme Gefühl, nicht dazuzugehören, nicht so richtig, hatte ihn die ganzen zwei Wochen verfolgt.

Ihre Klasse nahm an einem Projekt teil: „Berliner Schüler forschen für die Zukunft" hieß der Aufenthalt an der Ostsee offiziell. Es standen mehrere Themen zur Auswahl. Während Val und Jon sich mit

Informationstechnik auseinandersetzten, wählte Kris einen Kurs in Medizin. Seine Gruppe beschäftigte sich mit den Krankheiten und denkbaren Therapien des 21. Jahrhunderts. Burn-out, Psychosen, ADHS. Am dritten Tag hatte Kris zu viel gekriegt. Aber da war es zu spät, den Kurs noch zu wechseln. Projekttage. Kein gutes Wort in Kris' Erinnerung. Aber wahrscheinlich hatte er sich nur deshalb gegen die Informationstechnik entschieden, weil er nicht 24 Stunden am Tag mitkriegen wollte, wie sein bester Freund sich an Val heranmachte. Jon tat das ganz behutsam. Und ziemlich clever. Er kopierte einfach Vals Leidenschaft für das Cyberspace. Sie hatten noch ein Schuljahr vor sich. Dann hieß es, eine Entscheidung zu treffen. Val wollte Informatik studieren. Jon wollte Journalist werden. Brannte richtig für den Job. Kris hatte keinen Schimmer, was er tun sollte.

Es begann zu tröpfeln. Ein Windstoß erwischte ihn von der Seite. Das Bike geriet ins Schlingern. Kris fing sich in letzter Sekunde. Berlin lag längst hinter ihm. Wie immer war er in Wilhelmshagen aus der S-Bahn gestiegen, wo sein Rad auf ihn wartete. Wenn er gleich über den Alten Spreearm fuhr, würde auch das verschlafene Örtchen Hessenwinkel hinter ihm liegen. Hier draußen im Südosten Berlins gab es nur noch Wald, Forstwege, ab und zu ein Haus und den Gosener Kanal, der sich schnurgerade bis zum Seddinsee erstreckte.

Kris lenkte sein Rad über die Brücke und strampelte in vollem Tempo den Radweg entlang.

Ein Wagen überholte ihn. Ungeduldig drückte der Fahrer auf die Hupe.

„Reg dich ab!", murmelte Kris.

Der Bussard sah den BMW definitiv zu spät. Der braun gefleckte Vogel kam aus dem Kiefernwäldchen und schoss im Tiefflug über die Straße. Den Aufprall hörte Kris nicht. Er sah nur ein Bündel aus Federn, das durch die Luft wirbelte, sah, wie der Vogel ein paarmal hilflos mit den Flügeln schlug, bis er auf den Asphalt krachte und bewegungslos liegen blieb. Der BMW rauschte davon, als wäre nichts geschehen.

Kris bremste und bückte sich. Die Augen des Bussards waren schon gebrochen. Fröstelnd hob Kris den toten Vogel hoch und legte ihn am Rand des Wäldchens ins Gras. Die Windböen schüttelten die Bäume. Kris wischte sich die Hände an den Jeans ab, schnappte sich sein Rad und trat in die Pedale.

Er fuhr das ganze Jahr über mit dem Bike zur S-Bahn. Auf der Fahrt am Wasser entlang konnte er in aller Ruhe nachdenken. Über Val. Über Jon und Val. Und über seine Zukunft.

Aki ermutigte ihn, Medizin zu studieren. Das Budget treiben wir bestimmt auf, sagte sie immer. Und ich will doch stolz auf meinen kleinen Bruder sein!

Kleiner Bruder, naja.

Aki war acht Jahre älter als er. Seit dem Tod ihrer Eltern lebten sie zusammen auf dem Hausboot. Aki schuftete freiberuflich für eine Werbeagentur, um Geld zu verdienen. Aber am liebsten wollte sie Schauspielerin werden. Vor ein paar Tagen war sie zum Vorsprechen eingeladen gewesen. Kris war neugierig, was daraus geworden war.

Nach einer Viertelstunde bog er vom Radweg ab und bretterte geduckt über den Pfad, den er selbst mit seinen Touren im Unterholz gespurt hatte. Die Windböen kamen nun in kurzen Abständen. Laub fegte ihm um die Ohren. Knapp neben ihm krachte ein Ast ins Dickicht. Kris machte einen Schlenker. Endlich kam die *Susanna* in Sicht. Der Regen brach los. Völlig durchnässt schob er sein Rad über das Fallreep.

Egal. Er hatte es geschafft. Er war zu Hause.

KAPITEL 2

„Aki?“

Seine Schwester lag auf dem Sofa in der Kajüte, unter einem Plaid, das ihre Mutter genäht hatte. Kris gab es jedes Mal einen Stich, wenn er die Steppdecke sah.

„Aki!“ Ungeduldig klopfte er an den Türrahmen. „Liest du? Oder pennst du?“

Aki arbeitete ziemlich viel für die Werbeagentur. Und dann kam es manchmal auch vor, dass sie beim Lernen einer Rolle einschlief.

„Ach, Kris!“ Aki richtete sich auf. Sie war so groß wie ihr Bruder, doch ihr Haar war nicht nussbraun, sondern schwarz wie das Gefieder eines Raben. Die hohen Wangenknochen und die schräg stehenden Augen gaben ihrem Gesicht etwas Orientalisches. Kris' Freunde bewunderten Aki wegen ihres guten Aussehens und ihrer schier endlosen Energie. Es kann ja nicht jeder eine Schwester haben, die Fallschirm springt und auf der Ostsee kitet, dachte Kris stolz. Obwohl für die Trips an die Küste schon länger das nötige Kleingeld fehlte. Bei den Skydivers wenigstens konnte Aki sich mit Theorieunterricht ein bisschen was dazuverdienen.

„Wie geht's?“ Kris riss sich das nasse Hemd herunter. Mit einem trockenen T-Shirt fühlte er sich besser. Und hungrig. Er ging zum Kühlschrank und nahm eine Tüte Milch heraus. Die *Susanna* war alles andere als ein Luxusliner. In der engen Kajüte kochten er und Aki, hier lernte Aki ihre Rollen und am PC auf dem winzigen Tisch erledigte sie ihre Arbeit für die Werbeagentur. Kris baute sich sein Nachtlager auf dem Ausziehsofa. Seine Schulsachen waren in einer Schiffstruhe verstaut. Aki schlief in dem kleinen Raum, der von der Kajüte zu dem früheren Motorraum führte, wo sich jetzt die Trink- und Brauchwasserversorgung des Hausbootes befand. Gegenüber lag ihr Bad. Wenn man es denn „Bad“ nennen konnte. Gerade ein mikroskopisches Waschbecken, ein Klo und eine Dusche passten hinein. Kris gefiel es.

„Ganz okay.“ Aki kuschelte sich stöhnend unter das Plaid. Sie sah blass aus. „Sorry. Ich bin echt groggy.“

„Vermisst hast du mich ja nicht besonders.“

Aki zuckte die Achseln.

„Wie lief dein Vorsprechen?“

„Ach, das!“ Aki winkte ab. „Nichts, worüber es sich nachzudenken lohnt.“

Kris stutzte. Normalerweise berichtete Aki ihm in allen Einzelheiten von ihren Auditions.

Das Holz knarrte leise. Kris spürte die vertrauten Bewegungen des Hausbootes auf dem träge dahinfließenden Wasser. Laut klatschten die Regentropfen gegen das Kajütfenster und trommelten auf das Deck, bis die Wasserströme mit einem langen, gleichmäßigen *Swasch* in den Kanal abflossen.

In der Kajüte war es ungewöhnlich kalt. Kris schnappte sich einen Pulli aus dem Schrank.

„Wie waren die Projekttage?", tönte es unter dem Plaid hervor.

„Ich habe Medizin gewählt. Nicht so toll."

„Warum?"

„Barnfelder hat sich den Wolf geredet über die Krankheiten des 21. Jahrhunderts. Wie man ihnen vorbeugt und wie sie schätzungsweise verlaufen und welche Medikamente man brauchen wird und bla." Kris schüttelte sich. Irgendwie fühlte er sich angeschlagen.

Val hatte Speed dabeigehabt. Sie hatten was genommen – Val und Jon und ein paar andere. Kris hatte sich geweigert. Er hielt seine miese Laune lieber aus, anstatt mithilfe der kleinen weißen Pillen zur kichernden Knallerbse zu werden. Klar, dass Jon mitgemacht hatte. Wegen Val eben. Jon wollte ihr in nichts nachstehen.

Kris war wirklich froh, dass die Tage im Landschulheim vorbei waren. Nachdenklich blickte er auf Aki. Sie lag zusammengerollt unter dem Plaid und starrte vor sich hin. Wahrscheinlich war das Vorsprechen in die Hose gegangen. Sein Magen knurrte.

„Haben wir was zu essen im Haus?"

„Ich habe vergessen einzukaufen."

Kris riss die Kühlschranktür wieder auf. Ein Eierkarton stand da, den er, kurz bevor er vor zwei Wochen aufgebrochen war, noch bei Bauer Traugott in Gosen geholt hatte.

„Mensch, Aki, ich schieb echt Kohldampf." Er nahm die Eier heraus und stellte die Pfanne auf den Herd. Von seiner Schwester kam kein Ton. Kris schlug die Eier auf und verquirlte sie mit einer Gabel. „Willst du auch?" Keine Antwort. Er sah zum Sofa hinüber. Aki lag da, mit offenen Augen, und starrte auf den Regen, der unaufhörlich über die Scheibe rann.

Neben der Spüle lagen zwei zerdrückte Tomaten. Kris schnitt sie klein und briet das Rührei.

„Bist du krank, Aki?“ Er stellte das Gas ab.

„Bloß müde.“

Kris verteilte die Rühreiportion auf zwei Teller. „Komm essen.“

„Lass mal“, sagte Aki. „Ich hab keinen Hunger.“

KAPITEL 3

In der Nacht ließ der Regen nach. Kris lauschte den Tropfen, die gegen die Fensterscheibe wischten. So sanft, als wollten sie sich für das Unwetter zuvor entschuldigen.

Kris dachte über Val nach.

Val war cool. Bloß wusste er einfach nicht, auf wen sie stand. Auf ihn oder auf Jon? Bei Val konnte man nie sicher sein. Irgendwie war sie fast eine jüngere Ausgabe von Aki. Was sie tat, das tat sie mit vollem Einsatz. Aki hatte Val sogar zum Fallschirmspringen mitgenommen. Lass uns Tandem springen, hatte Aki vorgeschlagen, und Kris ein bisschen gereizt, weil er nicht die geringste Lust hatte, sich nur mit einem Rucksack auf dem Rücken aus einem Flugzeug zu stürzen. Sollte Aki ruhig ihr Leben riskieren, wenn es ihr Spaß machte, dachte Kris.

Er sah auf die Uhr. Fast Mitternacht. Er konnte nicht einschlafen. Resigniert schlug er die Decke zurück, stand auf und setzte sich an Akis Rechner. Der lief einfach schneller als seiner. Vielleicht hatte Val ihm eine Mail geschickt. Oder getwittert. Sie war 24 Stunden am Tag online. Kris fuhr den Computer hoch. Eine Meldung poppte auf:

„Sie haben Ihr Anti-Virenprogramm seit sieben Tagen nicht aktualisiert. Möchten Sie die Aktualisierung jetzt vornehmen?"

Kris stutzte. Seit sieben Tagen? Val hatte ihm und Aki diesen Rechner installiert und ihnen einen Vortrag über Cybersicherheit gehalten. Aki verschlüsselte sogar ihre Daten, wenn sie ihre Unterlagen an die Werbeagentur mailte. Warum war sie auf einmal so unvorsichtig?

Kris klickte auf Akis Ordner. Die Dateien waren alle mindestens eine Woche alt. Hatte Aki überhaupt nicht gearbeitet? Die ganze letzte Woche nicht? Kris blieb vor dem Bildschirm sitzen, ohne einen Finger zu rühren, bis er das Gefühl hatte, stundenlang hineingestarrt zu haben.

Aki vernachlässigte nie ihre Arbeit für die Agentur. Ein Schnupfen oder schlechte Laune wegen eines verpatzten Vorsprechens würden sie nicht davon abhalten, ihre Fristen einzuhalten.

Vielleicht ist sie mit ihren Projekten schneller fertiggeworden als geplant, dachte Kris. Und hat all ihre Zeit in dieses Vorsprechen gepumpt. Was dann irgendwie schiefgegangen ist. Kris beschloss, seine Schwester morgen zur Rede zu stellen. Er würde sich nicht mit Ausflüchten abspeisen lassen.

Val hatte ein paar Tweets ins Netz gestellt, die er halbherzig las. Keine persönliche Nachricht an ihn. Missmutig aktualisierte er das Virenprogramm und fuhr den Rechner herunter.

Es war jetzt vollkommen ruhig auf der *Susanna*. Der Regen hatte aufgehört. Die plötzliche Stille war unheimlich. Kris stand auf und trat ans Fenster. Bei jedem Schritt knarrten die Holzplanken. Das Boot schaukelte sacht, Bewegungen, die Kris so vertraut waren, dass er nur darauf achtete, wenn er längere Zeit auf festem Boden gelebt hatte.

Die Wolkendecke riss auf. Eine hauchdünne Mondsichel klebte am Himmel. Kris ging auf Deck. Die Luft war kühl, zu kühl für den Sommer, aber rein und klar. Dunkel und schnurgerade lag der Kanal vor ihm. Alles war still. Selbst die Gosener Landstraße, die einen halben Kilometer weiter südlich den Kanal überquerte, lag in der Nacht friedlich da. Ab und zu tropften Reste von Regenwasser in den Kanal. Auch der Wind hatte nachgelassen. Kris erhaschte die hektischen Bewegungen einer Fledermaus, die über der Kajüte tanzte. Am Ufer zeichnete sich der Wald schwarz gegen den metallblauen Himmel ab. Kris hockte sich am Bug auf die Planken. Hier war sein Lieblingsplatz. Die *Susanna* war der einzige Ort, an dem er sich zu Hause fühlte. Wie lange er nach dem Tod seiner Eltern dafür gekämpft hatte, mit Aki hier leben zu dürfen! Aki war damals gerade 20 geworden, und das Jugendamt wollte ihr den jüngeren Bruder nicht anvertrauen. Aber in der Pflegefamilie war Kris auf dem absteigenden Ast gewesen. Aki und er wollten nach allem, was passiert war, zusammen sein. Irgendwann hatten sie den Beamten das begreiflich machen können.

Kris atmete tief durch. Er war gern mit seinen Freunden unterwegs, aber die Enge im Vierbettzimmer in den letzten beiden Wochen hatte ihm zu schaffen gemacht. Ständig unter Beobachtung. Und wenn die weißen, namenlosen Tabletten rumgereicht wurden …

Langweiler. Du bist der größte Langweiler auf diesem Planeten, Kris. Ausgerechnet das Partyschwein der Klasse, Oli, musste ihn so dermaßen anmachen.

Umso mehr genoss Kris jetzt die Einsamkeit. Die Stille. Das sanfte Plätschern der Wellen und das zarte Schaukeln des Bootes.

Ein Käuzchen rief aus dem Wald. Irgendwo brach ein Ast.

Und dann hörte Kris noch etwas. Ein Surren. Es klang wie der Zoom seiner Digitalkamera.

Kris hob den Kopf. Er musste sich täuschen. „Aki?“, fragte er halblaut. Unsinn, Aki schlich nicht nachts auf Deck, um ihren Bruder heimlich zu fotografieren.

Kris seufzte. Sie kriegt bloß eine Erkältung, dachte er. Auf dem Boot wurde es schnell kühl, es war ständig feucht. Außerdem arbeitete Aki hart. Sie schonte sich nie. Aber in den vergangenen sieben Tagen hatte sie nichts an ihren Dateien geändert …

Aki ist gestresst, überlegte er. Die ungeliebte Schufterei als Werbetexterin, ein Misserfolg beim Vorsprechen, das kann sie schon runterziehen.

Phobien, hörte er seinen Lehrer, Herrn Barnfelder, sagen, werden im 21. Jahrhundert zu einer neuen Größenordnung heranwachsen. Immer mehr Menschen werden an Ängsten leiden. Angsterkrankungen werden den Staat Milliarden kosten, weil Phobiker in fortgeschrittenen Stadien nicht mehr arbeitsfähig sind. Sie können dem Druck der Jobwelt nicht mehr standhalten.

Kris schüttelte sich. Zum Teufel, warum hatte er sich mit diesem blöden Medizinthema auseinandersetzen müssen? Bloß wegen Jon, der ein Auge auf Val geworfen hatte! Statt dass er um das Mädchen, das er ganz große Klasse fand, kämpfte oder mit seinem Kumpel ein ernstes Wort sprach, zog er den Schwanz ein und belegte einen Kurs, der ihn überhaupt nicht interessierte.

Da war das Geräusch wieder … Kris lauschte mit erhobenem Kopf in die Nacht, dann fuhr er sich zornig durchs Haar.

Er fing schon an zu spinnen. „Neurose“, hätte der Barnfelder vermutlich gleich diagnostiziert. Quatsch!

Er sah Akis wachsweißes Gesicht vor sich, als sie ihm an einem gleißend hellen Julimorgen sagte, was er längst gespürt hatte: Dass die Eltern nicht mehr wiederkommen würden. So ein richtig bescheuertes Gefühl hatte Kris mit sich herumgetragen, das ganze Wochenende, seitdem die Eltern aufgebrochen waren, um sich mit Kollegen in Dresden zu treffen. Als hätte er den Unfall vorausgeahnt. Vor fünf Jahren war das gewesen. In einem heißen, fast unerträglich trockenen Berliner Sommer. Jahrelang, selbst heute noch, fragte er sich, ob er damals nicht hätte sagen sollen: Fahrt lieber nicht. Ich habe so ein dummes Gefühl. Ich habe Angst, dass euch was passiert. Ich habe …

Kris hob den Kopf. Hatte er nicht eben wieder dieses Surren gehört? So leise, dass es auch bloß eine Erinnerung hätte sein können?

Wahrscheinlich fange ich an, durchzudrehen, dachte er, stand auf und ging zurück in die Kajüte. Zwei Wochen über Krankheiten reden, das ist einfach nichts für mich.

Er schloss von innen ab, tappte im Dunkeln ins Bett und zog die Decke bis zum Kinn hoch. Minuten später war er eingeschlafen.

SONNTAG

Kris fuhr hoch, weil Aki in der Küchenecke Radau machte.

„Aki! Es ist Sonntag!“

„Und?“ Ihre Stimme klang schneidend. Nicht angriffslustig, wie sonst, wenn sie und Kris miteinander kabbelten. Sondern so, als müsste sie eine unerträgliche innere Anspannung unterdrücken.

„Ich hätte gern noch eine Runde geschlafen. Seit heute habe ich Ferien!“

Aki antwortete nicht. Sie schüttete Nescafé in eine Tasse und rührte lustlos darin herum.

Kris verstand die Welt nicht mehr. Aki war ein Morgenmensch. Sie liebte es, früh aus den Federn zu springen und mit dem Rad zum Bäcker in Gosen zu fahren, mit frischen Croissants zurückzukommen und Kris mit einem Frühstück zu überraschen. Heute stand sie missmutig am Fenster und starrte in den trüben Tag.

„Ist irgendwas nicht in Ordnung?“, fragte Kris.

„Alles okay.“

Wenn sie meinte, das würde er ihr abkaufen …

„Aki, wenn du wegen dem Vorsprechen gefrustet bist“, begann er.

„Lass mich in Frieden. Das Vorsprechen interessiert mich nicht mehr."

„Was für eine Laus ist dir denn über die Leber gelaufen?"

„Ich mache einfach eine blöde Zeit durch."

„Stress mit der Werbeagentur?"

Aki hob die Schultern. „Weiß nicht."

Kris warf die Decke zurück und stand auf. „Ich fahre zum Bäcker. Ich hab echt Hunger."

Als er eine halbe Stunde später das Rad wieder über das schmale Fallreep auf Deck schob, lag das Boot still da.

„Aki?" Er knisterte mit den Tüten. „Frühstück!"

Aki hockte am Heck und starrte in das schlammige Kanalwasser. Das Lid ihres rechten Auges zuckte. Regen und Sturm hatten einen Haufen Unrat angespült. Plastiksäcke, Aludosen, abgerissene Zweige. Ein totes Kaninchen trieb am Ufer vorbei.

„Ellen war hier, während du weg warst", sagte Aki unvermittelt. „Sie kam kurz nachdem du ins Landschulheim aufgebrochen bist."

„Ellen Lennart, die Kleine mit dem Wuschelkopf? Mit der du früher immer rumgehangen bist?"

„Genau. Wir haben uns ewig nicht mehr gesehen."

„Und?" Kris hielt Aki die Bäckertüte hin. Sie schüttelte den Kopf.

„Sie hat mich besucht. Hat ziemlich Stress. Burn-out."

Noch so ein Schlagwort. Ungnädig stellte Kris fest, dass sein Lehrer, der seinen Schülern 14 Tage mit seiner Schwarzseherei auf die Nerven gegangen war, vielleicht doch recht hatte. Krankheiten waren *das* Thema, jeder hatte seinen Senf dazu beizutragen. Das Burn-out-Syndrom wird der Gesellschaft einen Schaden in Höhe von vielen Millionen Euro bescheren, hörte Kris Herrn Barnfelder sagen. Wir werden uns daran gewöhnen, dass wir unseren Arbeitsalltag eines Tages nur noch zu bewältigen imstande sind, indem wir Psychopharmaka einnehmen, die unsere Leistungsfähigkeit steigern und dafür sorgen, dass wir den Ansprüchen des Arbeitsmarktes gerecht werden. Kris griff in die Tüte und nahm ein Croissant. Bevor ihm der Appetit verging.

„Was macht Ellen so?"

„Sie arbeitet für ein Forschungslabor. Hat Chemie studiert."

„Aha." Kris biss in sein Croissant.

„Sie war drei Tage hier. Brauchte eine Auszeit."

Das erklärte, warum Aki eine Woche lang nicht am PC gearbeitet hatte. Sie hatte sich mit Ellen einen schönen Lenz gemacht.

„Was hast du heute eigentlich vor?" Kris stellte fest, dass er die Frage in einem bemüht munteren Tonfall gestellt hatte. Dass Aki einen Sonntag mit Nichtstun verbummelte, kam schlicht nicht vor.

Aki zuckte die Schultern.

„Mensch, Aki, was ist los mit dir?"

„Was soll los sein? Ich bin müde, das ist alles."

„Ich fahre mit dem Rad nach Gosen. Wir brauchen was zu essen." Kris stand auf und klopfte sich die Brösel vom T-Shirt. Obwohl Sonntag war, konnte er die wichtigsten Dinge beim Bauern im Ort bekommen.

„Okay." Sie machte keine Anstalten, mitzukommen.

Im Küchenschrank stand die Teedose mit dem Haushaltsgeld. Kris nahm 50 Euro heraus.

KAPITEL 5

Der Sonntag ging gemächlich in die neue Woche über. Die Nacht war mild und duftete nach Sommer. Kris lag auf dem Deck und twitterte mit Val. Nach einem einzigen Tag Trennung fehlte sie ihm schon. So was war ihm bisher noch nie passiert, mit keinem Mädchen. Also durchstreifte er das Netz auf Vals Spuren. Sie war in allen möglichen Foren unterwegs und mit Hinz und Kunz verbunden. Während er darauf wartete, dass die Datenflut in seinem Rechner ankam, blickte er über den dunklen Kanal. Akis Stimmung hatte sich den ganzen Sonntag nicht verändert. Kris hatte ein ungutes Gefühl. Er hatte alles allein erledigen müssen. Hatte Staubmäuse entfernt und den Kühlschrank ausgewischt. Sogar in Akis winzigem Schlafzimmerchen hatte er gekehrt. Alles war versifft. Kris war erst 17. Falls jemand vom Jugendamt auftauchte, musste alles picobello sein.

Kris schickte Val ein letztes Smiley. Die Netzverbindung hier draußen war ziemlich langsam. Er hatte einfach keine Lust auf Chats, wenn er nach jedem Klick minutenlang warten musste, bis sich etwas tat.

Über dem Kajütdach flatterten die Fledermäuse. Kris genoss die Stille und den milden Wind, der vom Seddinsee herüberwehte. Er griff nach der Flasche neben sich. Akis seltsamer Zustand hatte auch ein paar Vorteile: Sie hatte nicht einmal gemotzt, als Kris vier Flaschen Cola vom Einkaufen mitbrachte.

Der Kanal floss träge dahin. Der Müll, der sich nach dem Regensturm rund um die *Susanna* aufgetürmt hatte, war weggeschwemmt. Ein frischer, feuchter Geruch lag über dem Land. Es war völlig windstill. Und in die Stille hinein hörte Kris wieder das Surren.

„Verdammt!" Er sprang auf, legte sein Notebook weg und suchte in der Seekiste nach der Taschenlampe. Aki hatte sie auf einem Flohmarkt gekauft. Ein riesiges Teil mit Halogenstrahler, mit dem man die Finsternis der Hölle hätte ausleuchten können. Der Lichtstrahl strich über die Kajütwand. Aus den Augenwinkeln sah Kris, wie die Fledermäuse abdrehten. Er kletterte die Leiter hinauf. Auf dem Kajütdach klebte Vogeldreck. Der Schlot, durch den der Dunst abzog, wackelte in seiner Verankerung. Kris kauerte sich auf das Wellblech. Er wusste nicht, wonach er suchte. Er war sich nicht einmal sicher, ob er das Surren wirklich gehört hatte. Genau wie gestern. Wahrscheinlich gab es eine total einfache Erklärung für dieses sonderbare Geräusch.

Ein großer Vogel flog knapp über das Boot. Kris zog den Kopf ein und leuchtete das Deck ab. Die rostige Reling am Bug sah von hier oben weniger heruntergekommen aus, die Poller, an denen die Haltetaue befestigt waren, wirkten nicht so massig.

Kris rutschte vom Kajütdach. Systematisch leuchtete er sämtliche

Ecken ab. Ging zum Bug, hielt den Lichtstrahl auf den Kanal. Das grelle Licht blitzte zu ihm hinauf. Er ahnte seinen Schatten auf dem Wasser.

Fuhr herum. Weil es wieder da war, das Surren. *Snsnsn*.

Das konnte er nicht seinen angespannten Nerven zuschreiben. Er richtete die Lampe nach oben, beleuchtete die Kante des Kajütdaches. „Da ist aber nichts“, sagte er zu sich selbst. Ein lautes Platschen hinter ihm: ein Fisch, der aus dem Wasser schnellte. Kris schüttelte das Unbehagen ab. Er suchte Zentimeter für Zentimeter ab.

Dann sah er das Auge. Rund und schwarz hing es an der Unterseite des Kajütdachs, und zwar genau an der Ecke, dort, wo das Dach ein gutes Stück weit vorstand. Es hob sich kaum von seiner Umgebung ab. Eigentlich hatte er es nur gesehen, weil an diesem sonderbaren Ding ein grüner Punkt blinkte, in rascher Folge. So wie der Webstick in seinem Notebook, wenn die Verbindung lief.

Kris schaltete die Lampe aus. Jetzt sah er das Lichtpünktchen deutlicher.

„Verdammt!“, flüsterte er.

Snsnsn.

Kris sah, wie das runde Auge in seiner Glaskugel rotierte. Die Kamera suchte sich einen neuen Blickwinkel.

Aki spinnt, dachte er. Sie hat eine Überwachungskamera eingebaut.

Er stellte die Lampe ab und ging mit klopfendem Herzen zum Heck.

Snsnsn.

Kein Zweifel: Die Kamera folgte ihm. Sie reagierte auf Bewegung.

Kris ging an der Kajüte entlang. Das Kameraauge folgte ihm erneut. Kris nahm das *Snsnsn* überdeutlich wahr. Er setzte sich an den Bug. Wartete bewegungslos ab. Als er hörte, wie die Kamera sich wieder drehte, sprang er auf und hielt die Hand über den Glasball. Mit den Fingern tastete er über das Gerät. Es passte locker in seine Faust. Seine andere Hand ertastete ein Kabel. Kris riss es aus der Verankerung und schraubte die Kugel ab. Ungläubig starrte er auf das nutzlos gewordene Hightechauge.

Der Sender steckte noch in seiner Verankerung an der Kajütwand. Das grüne Licht blinkte nun ganz langsam; das Gerät versuchte, eine Verbindung herzustellen. Kris packte zu und löste den Sender von einem simplen Klettverschluss. Verwirrt sah er auf seine Ausbeute. In einem plötzlichen Anfall von Wut schleuderte er beides hinaus auf den Kanal.

„Aki?“ Er trat in die Kajüte. Aki lag auf dem Sofa, unter dem bunten Plaid, mit einem Buch in der Hand. „Hör mal!“

Sie sah zu ihm hoch. Ihre Augen blickten glasig. Die Finger zitterten leicht. Vielleicht Alkohol, schoss es Kris durch den Kopf. Suchterkrankungen, hörte er seinen Lehrer dozieren, werden die Geißel des 21. Jahrhunderts sein.

Blödsinn! Er hatte heute das Boot von oben bis unten saubergemacht. Hier gab es nichts, um sich zu betrinken.

„Was ist, Schnullerbacke?“

Das Problem bestand darin, dass diese Frau nicht Aki war. Nicht *seine* Aki, die Witze riss und sich selbst nicht so tierisch ernst nahm.

Er zwang sich, nichts zu sagen. Nichts von der Kamera, nichts von seinen sich überstürzenden Gedanken. Es hatte keinen Sinn.

„Ich bin geschlaucht. Sorry, Kris, mit mir ist zurzeit einfach nichts anzufangen."

Das ist allerdings wahr, dachte Kris.

„Geh ins Bett", schlug er vor. Er verbarg nicht einmal, wie genervt er war.

„Gute Idee." Aki erhob sich schwerfällig. Sie ließ das Plaid fallen, warf ihm eine Kusshand zu und verschwand in ihrem Zimmerchen.

„*Was* meinst du?", fragte Jon entgeistert.

Val grinste. Das kurze, platinblonde Haar stand ihr vom Kopf ab wie Stacheln. Ihre schwarz lackierten Nägel malten bunte Kreise vor Jons Augen, während ihre Finger über die Tastatur rasten wie Boliden.

„Du meinst jetzt aber nicht im Ernst, dass du in fremde Rechner reinkommst?", hakte Jon nach, während er seinen Pferdeschwanz mit einem Gummi zusammenzurrte. Vals Kaltschnäuzigkeit brachte ihn aus der Fassung. Er wusste nie genau, woran er bei ihr war. Ob sie ihn cool fand, zum Beispiel, oder ob sie eher auf Kris stand, den Stillen, der den Mund nicht aufkriegte.

Für sie hatte Jon sogar die Sache mit dem Speed mit durchgezogen. Beim ersten Mal war er 48 Stunden lang wie eine Aufziehmaus rumgerast. Aber das hier war jetzt eine ganz andere Liga.

Vals graue Augen huschten über den Bildschirm.

„Ich komme in *manche* Rechner rein", stellte sie richtig. „Ist keine große Kunst. Hier siehst du zum Beispiel, was unser Kumpel Kris auf der Platte hat."

„Lass das!“ Jon richtete sich auf. Sie saßen nebeneinander auf der Couch im Arbeitszimmer seines Vaters. Der war für ein paar Tage nicht da, und Jon hatte sich von der sturmfreien Bude nach dem Landschulheim etwas anderes erhofft, als mit Val fremde Computer zu durchstreifen.

„Er ist extrem unvorsichtig!“, schimpfte Val. „Benutzt eine ungesicherte WLAN-Verbindung. Hängt im Netz, auch wenn er es gar nicht mehr braucht. Er trennt sein Notebook einfach nicht. Also, was meinst du: Hinterlassen wir eine kleine Warnung?“

Jon verdrehte die Augen. „Hör auf damit!“

„He, Mann!“ Val wandte den Kopf und sah Jon an.

Sie war fast einen halben Kopf größer als er. Verstohlen musterte er ihre langen Beine in den zerrissenen Jeans, die großen, schlanken Füße mit den schwarz lackierten Nägeln. Im Sommer lief Val barfuß herum. Oder in ausgetretenen Chucks. Er mochte ihr silbernes Nasenpiercing, das mit ihren Augen um die Wette funkelte. Val war allererste Sahne.

Von der Größe her würde sie allerdings besser zu Kris passen, überlegte Jon. Er hatte so eine Ahnung, dass seine Freundschaft mit Kris durch Val auf eine unangenehme Probe gestellt würde.

„Er hört ja nicht auf mich!“, beschwerte Val sich. „Ich habe ihm gepredigt und gepredigt, er soll doch bitte seinen Anschluss sichern, aber was tut der Knabe? Schreibt alle gut gemeinten Warnungen in den Wind.“ Sie schüttelte den Kopf und erinnerte Jon an seine Informatiklehrerin. Val war das Sternenkind in der Klasse, verhätschelt von allen Lehrern, weil sie überall vorndran war. Kris war auch gut. Jon musste sich ranhalten. In Deutsch war er spitze. Das war's aber auch schon. Alles andere interessierte ihn sowieso nicht besonders.

„Ich schreibe ihm eine kleine Datei rein. Letzte Chance, lieber Kris!“ Eifrig klimperten Vals Finger auf der Tastatur. „Und dann lösche ich die eine oder andere Kleinigkeit. Nichts Wichtiges, aber vielleicht zwei, drei Einträge aus seinem Adressbuch.“

„Muss das sein?“

„Sieh es als erzieherische Maßnahme. Krieg ich noch ein Bier?“

Resigniert stand Jon auf und ging in die Küche. Val trank von Zeit zu Zeit Alkohol, auch härtere Sachen, und er machte mit. Nicht bis zum Koma natürlich. Aber genug, um zu testen, wie viel er vertrug. Kris weigerte sich. Er trank keinen Tropfen. Er nahm auch keine von den Pillen.

Val schien das egal zu sein. Dass er, Jon, so viel mit Val zusammen war, lag vermutlich daran, dass sie beide in Friedrichshain wohnten, während Kris auf der *Susanna* am Ende der Welt hockte. Jon fand diese Begründung nicht sonderlich ermutigend. Er nahm zwei Flaschen Bier aus dem Kühlschrank. Draußen war es längst dunkel. Zwei Typen stritten sich unten auf der Straße um einen Parkplatz. Jon knackte die Flaschen am Heizkörper und ging zurück ins Arbeitszimmer. Irgendwo im Hinterhaus keifte die alte Luzy aus dem dritten Stock herum. Die war verrückt, weissagte ständig irgendwelche Katastrophen. Die Nachbarn machten sich einen Spaß daraus, der Alten zuzusehen, wenn sie ihre Schreianfälle hatte, als glotzten sie eine Reality-Serie im Fernsehen. *Big Brother* direkt vor dem Fenster. Na ja, so ähnlich. Val saß im Schneidersitz auf dem Sofa und starrte fassungslos auf ihren Bildschirm.

„Was ist?“ Er hielt ihr ein Bier hin.

Sie fuhr den Arm aus, griff aber nicht zu. Er fing die Flasche gerade noch auf.

„Scheiße, Mann!“ Val schüttelte den Kopf, konnte die Augen immer noch nicht von ihrem Notebook lösen.

„Sag halt!“

„Da ist einer auf Kris’ Platte.“

„Was?“

„Bist du taub?“ Endlich löste Val den Blick und sah Jon an. „Verdammter Mist!“

Jon lugte auf den Bildschirm, aber die Zahlenkolonnen sagten ihm nichts.

Val riss ihm die Bierflasche aus der Hand, trank, stellte sie weg und hackte auf die Tasten ein.

„Und das Blöde: Wer auch immer das ist – er weiß, dass wir auch da sind.“

Kris richtete sein Bett und stellte die Leselampe auf. Kaum lag er unter der Decke, fiel ihm ein, dass er sein Notebook auf Deck liegen gelassen hatte. Also schleppte er sich hinaus und holte den Rechner.

Wieder im Bett starrte er an die Decke.

Aki hatte diese Kamera nicht installiert. Das machte keinen Sinn. Weder Kris noch seine Schwester hatten sich auf der *Susanna* je unsicher gefühlt. Außerdem hatte er an Bord nicht einen einzigen Monitor gesehen, der die Kameradaten hätte empfangen können.

Wenn aber nicht Aki die Kamera angebracht hatte, wer dann? Und zu welchem Zweck? Um sie zu beobachten? Aki – und Kris? Aber wozu? Kris wälzte sich hin und her. Er griff nach dem Buch, das Aki neben dem Sofa vergessen hatte. „Krisen überwinden". Seit wann las Aki so was Bescheuertes?

Wütend schleuderte er das Buch in eine Ecke. Er hatte genug von dem Quatsch. Wenn Aki nur reden würde. Sie könnte sich beide Beine brechen und vor Schmerzen winseln, aber sie würde Kris nie im Unklaren lassen. Sie würde irgendwas sagen. Einen Plan schmieden, handeln. Die Aki, die er in den vergangenen Stunden gesehen hatte, war nicht mehr seine Schwester. Irgendetwas war verändert. Und was war mit dieser Kamera?

Kris blieb lange so liegen. Bis er das zweite Videoauge sah. Es klebte über seinem Kopf an der Decke. Genauso eine Glaskugel wie die draußen am Kajütdach.

Trotz des Schocks über diese zweite Entdeckung war er gleichzeitig fast erleichtert. Zumindest konnte er jetzt sicher sein, dass Aki die Kameras nicht angebracht hatte. Wozu sollte sie die Kajüte überwachen? Die viel schwierigere Frage lautete jedoch: Wer sollte das sonst tun?

Kris rollte sich auf die Seite und löschte die Leselampe. Sein Mund war ganz trocken. Mit hämmerndem Herzen wartete er ab, bis seine Augen sich an die Dunkelheit gewöhnt hatten. Fahles Licht drang von draußen herein. Der Schein einer Juninacht, die nie richtig dunkel wurde. Blinzelnd prägte er sich die Position der Kamera ein. Jetzt sah er auch das Blinken der Kontrollleuchte. Warum ist mir die nicht längst aufgefallen?, dachte er selbstkritisch. Aber wann lag er auch einfach so auf dem Rücken und starrte an die Decke? Und wer beobachtete sie damit und vor allem, warum? Die Gedanken peitschten durch seinen Kopf.

Stumm zählte Kris bis zehn. Dann sprang er hoch, presste die Hand über die Kamera und riss sie ab. Sie war mit Klettband an der Decke befestigt. Das Gegenstück war mit Leim angeklebt worden. Er riss den Sender aus dem Anschluss, schleuderte die beiden Teile auf sein Bett und schlug auf den Schalter der Leselampe. Das blinde Kameraauge glotzte ihn an. „360°“ stand in winzigen Buchstaben unter der Linse. Diese Kamera musste nicht rotieren, um den Raum abzusuchen. Sie zeichnete rundum alles auf. Kris nahm den Sender in die Hand. Ein drahtloses Meisterwerk der Technik.

Ob man herausfinden konnte, wohin die Daten geschickt worden waren? Ob Val das konnte?

Kris' Blick fiel auf sein Notebook. Es lief noch. Auch die Internetverbindung stand. Er klickte lustlos auf der Oberfläche herum. Links oben war eine Datei, die er nicht kannte. Wo kam die her?

Ein kurzer Doppelklick.

„Vorsicht, Kris! Schnüffler im Raum. V und J."

V und J. Niemand anderes als Val und Jon. Das Mädchen, das er bewunderte, und sein bester Freund. Teufel auch, wie miserabel sollte sein Leben noch werden? War Val auf seinem Rechner gewesen?

Woher wusste sie das mit den Kameras?

Kris war nahe daran, seinen Skype-Account zu öffnen und Val anzurufen.

Aber wenn ihn dabei auch jemand beobachtete? Vielleicht sogar mithörte? Hektisch klickte er auf „Herunterfahren", nahm den Akku heraus. Sein Blick fiel auf Akis PC und die Webcam oben auf dem Bildschirm. Kris packte sie, riss das Kabel aus dem Anschluss und legte sie neben dem Rechner ab. Dann zog er den Stecker aus der Steckdose. Er hatte Angst.

War da ein Geräusch gewesen? Ein Auto?

Kris' Herz raste.

Er sah aus dem Fenster. Nichts. Die nächste Straße war weit weg. Ein Kahn war auch nicht in Sicht. Er hatte sich wieder mal getäuscht. Kris hatte den Eindruck, sich selbst nicht mehr trauen zu können.

Aber die Kameras waren keine Einbildung. Und kein Traum.

Die Nacht lag schwarz da. Im glatten Wasser spiegelte sich kein Mondlicht.

Rasch fuhr Kris in Jeans und T-Shirt. Er schnappte sich sein Handy, überprüfte die Uhrzeit. 2:55 Uhr. Er steckte das Handy in die Jeanstasche und ging an Deck. Sacht schwankten die Planken unter seinen Chucks.

Wer saß am anderen Ende der Kameraverbindung? Wusste jemand, dass er, Kris, beide Kameras abgeschraubt hatte? Wen hatte er wobei gestört?

Die windstille Nacht schien friedlich. Die dunklen Kiefern standen wie leblos drüben im Wald. Aber Kris war sicher: Er hatte Motoren gehört. Nicht nur einen Wagen, sondern mindestens zwei.

Plötzlich schlugen ein paar Autotüren zu. Kris lauschte in die Nacht hinaus wie ein Tier, das auf einen Angriff wartete.

Da sah er die Silhouette eines Menschen sich aus den Büschen schlängeln.

Kris raste in die Kajüte und hämmerte an Akis Zimmertür. „Aki?"

Keine Antwort.

„Aki!" Er bullerte gegen die Tür. „Aki, wach auf." Er rüttelte an der Klinke. Abgeschlossen.

Panik kam in ihm hoch.

„Aki, mach auf, verdammt!"

Er war am Durchdrehen. Seit wann schloss Aki sich ein?

„Was ist?", kam es verschlafen aus Akis Zimmer.

„Hier stimmt was nicht!", schrie Kris. Sein Herz jagte. „Wach auf, wir müssen sofort weg."

Es dauerte Ewigkeiten, bis Aki die Tür öffnete. Sie war grau im Gesicht, ihre Wangen waren hohl, die Augen glasig. Ihre Bewegungen waren langsamer als die einer Greisin.

„Aki!" Er packte seine Schwester am Arm. „Irgendwas ist hier faul. Lass uns verschwinden. Wir nehmen die Räder. Wir hauen ab!" Er sah ihr verwirrtes, zweifelndes Gesicht und ahnte, dass sie es nicht schaffen würden. Nicht zu zweit. „Aki, bitte! Wir sind in Gefahr …"

Das dümmliche Lächeln, das sich nun in Akis Gesicht stahl, erschreckte ihn mehr als ihre Melancholie. Sie kapierte überhaupt nichts.

Das Boot schaukelte heftig. Jemand war auf dem Weg an Deck. Verhaltene Kommandos tönten durch die dünnen Holzwände. Kris schlug die Tür zu Akis Zimmer hinter sich zu, drehte den Schlüssel um. Es blieben ihnen wenige Sekunden, bis die Typen – wer auch immer sie waren – sich auf dem winzigen Boot zurechtfanden.

Irgendwo knarrten Planken. Kris stieß seine Schwester beiseite, riss das Bullauge auf, flüsterte: „Los! Komm!"

Jemand rammte etwas von außen gegen die Tür der Kajüte. Kris überlegte nicht mehr. Er schlüpfte durch das Bullauge und glitt lautlos ins Wasser.

Es war eiskalt, schlammig und widerlich. Kris tauchte. Er zwang sich, die Augen zu öffnen, konnte aber nichts sehen. Ihm blieb allein, seinem Instinkt zu folgen, der ihn von der *Susanna* wegführte.

Aki kam ihm nicht nach.

Er wartete ein paar Sekunden und hoffte, sie würde doch noch ins Wasser springen. Dann glitt er an die Wasseroberfläche und schnappte nach Luft. Zwei Männer schleppten etwas über das Fallreep zum Kai. Nicht etwas. Jemanden. Entsetzt sah er zu, wie seine Schwester am Kai in ein Auto gestoßen wurde.

Kris tauchte wieder. Er schwamm wie noch nie in seinem Leben. Inzwischen war er ein gutes Stück vom Hausboot weggekommen. Durchhalten!

Schwimm!, kommandierte er. Schwimm!

Ein Lichtstrahl traf die Wasseroberfläche. Sie hatten herausgefunden, dass er in den Kanal gesprungen war. Kris' Lungen drohten zu explodieren. Er zwang sich zu jedem Schwimmzug. Noch einer. Und noch einer! Nicht auftauchen! Nicht jetzt. Sie konnten nicht wissen, wohin er geschwommen war. Sie mussten in beide Richtungen suchen. Das kostete Zeit. Der Lichtstrahl erlosch. Kris kam hoch, keuchte, schnappte nach Luft. Er sah sich um. Am Bug und Heck der *Susanna* sah er menschliche Silhouetten. Über das Fallreep bewegten sich dunkle Gestalten.

Er tauchte wieder.

Erneut glitt der Lichtstrahl über den Kanal. Nicht nachdenken! Nur weg hier!

Ihr kriegt mich nicht, dachte Kris und war zum ersten Mal dankbar, dass das Wasser so trüb und schmutzig war. In diesem Augenblick, als ihm die Luft auszugehen drohte, schwor Kris, dass er seine Schwester finden würde. Er würde sich nicht einschüchtern lassen. Er nicht.

Er tauchte auf und ließ sich ein paar Sekunden erschöpft auf dem Rücken treiben. Einen knappen halben Kilometer hatte er geschafft.

Die Typen fühlten sich sicher. Zwei Autos standen am Kai. Das Hausboot war hell erleuchtet. Grelle Scheinwerfer bestrahlten das Ufer. Sie suchten ihn, kein Zweifel. Kris tauchte. Mit jedem kraftvollen Zug durch das brackige Wasser brachte er sich ein Stück weiter in Sicherheit. Und mit jeder Bewegung kontrollierte er die Angst.

Nach einiger Zeit, die ihm wie Stunden vorkam, hielt er sich an einer Rettungsleiter an der Kanalmauer fest. Er fing an zu frieren. Zitternd wischte er sich das Schmutzwasser aus den Augen. Eine Viertelstunde schwamm er noch durch das dunkle Wasser, bis die *Susanna* bloß noch ein Pünktchen am unteren Ende des Kanals war. Dann kletterte er aus dem Wasser und rannte durch den Forst nach Gosen.

KAPITEL 9

Bauer Traugott stand staunend unter seiner Haustür, um zu nachtschlafender Zeit einen tropfnassen, bibbernden Jungen vorzufinden, der darum bat, sich umziehen und telefonieren zu dürfen.

„Was ist denn passiert?" Traugott betrachtete verdattert die Wasserlachen, die Kris' durchweichte Kleider in seinem Korridor hinterließen. Auf dem Hof bellte sich sein alter Hund Argo die Seele aus dem Leib. „Na, ich suche dir ein paar Klamotten von meinem Sohn raus. Der ist gerade auf Achse. Ihr habt ja ungefähr die gleiche Größe." Er stieß eine Tür auf. „Hier, geh, nimm ein Bad und wärm dich auf."

Kurz darauf lag Kris im heißen Wasser, schäumte sich das Haar mit Erdbeershampoo ein, um den Kanalgestank loszuwerden, und wäre am liebsten in der Badewanne eingeschlafen. Die Erschöpfung nahm ihm die Kraft, nachzudenken.

Er war ein Schwein. Er hatte Aki hängen lassen. Doch er hatte keine Chance gehabt, irgendetwas für sie zu tun, nicht bei ihrem momentanen Zustand. Dennoch fühlte er sich schuldig. Jetzt gab es nur ein Ziel: Er musste seine Schwester finden. Was hatten sie mit ihr gemacht? Und wer war das überhaupt: sie? Was wollten die von ihnen? Wie war das so plötzlich passiert, dass er von irgendwelchen Typen verfolgt, seine Schwester entführt wurde?

Kris stieg aus der Wanne. Draußen kläffte Argo, als gelte es das Leben.

„Kann ich mal telefonieren?“, fragte Kris, als er neben Bauer Traugott am Küchentisch saß und ein Schinkenbrot verschlang. Er musste sein Handy im Kanal verloren haben.

Traugott brutzelte Eier, während Kris von dem vorsintflutlichen Telefon des Bauern Vals Handynummer wählte.

„*Wo* bist du?“, fragte Val gedehnt.

Kris erklärte ihr in kurzen Worten, was passiert war.

Val war sofort auf dem Posten. „Du musst da draußen so schnell wie möglich verschwinden. Die werden ja nicht glauben, dass du ertrunken bist!“

„Wahrscheinlich nicht“, bestätigte Kris lahm.

„Keine Anrufe mehr. Schlag dich zu Jon durch. Sein Vater ist auf Recherchereise. Wir treffen uns dort. Fahr per Anhalter. Oder S-Bahn. Sei vorsichtig. Hast du Kohle?“

„Ich leihe mir was.“

„Bis dann.“

Kris beendete das Telefonat und wählte noch einmal. Diesmal Akis Handynummer. Es läutete, nach dem vierten Mal schaltete sich der Anrufbeantworter ein. „Hi! Dies ist Akis AB. Hinterlasst mir eine Nachricht.“

„Aki“, sagte Kris mit zitternder Stimme. „Bitte melde dich. Du weißt, wo du mich findest.“ Er legte auf.

War das eine gute Idee?, dachte Kris. Oder habe ich die Gangster jetzt auf meine Fährte gelockt?

Traugott sah argwöhnisch vom Herd herüber. „Bei mir ist ein Geheimnis ja gut aufgehoben."

„Danke." Kris machte sich über das Rührei her. Er musste diese Nacht irgendwie überstehen. Um bis zu Jons Wohnung in Friedrichshain zu kommen. Bis dahin musste er es erst einmal schaffen. Dann würde er weitersehen.

MONTAG

„Okay, okay!“ Val tigerte auf und ab. Der Sommermorgen brachte Berlin zum Leuchten. Noch lagen die Straßen ruhig, und das Licht, das von Osten über die Stadt strahlte, ließ alles unwirklich erscheinen. Der Tag versprach warm zu werden. Richtiges Ferienwetter.

Kris hockte auf dem Sofa. Neben ihm auf dem Boden lag eine Plastiktüte mit seinen nassen Klamotten. Er war wie erschlagen. Todmüde und zugleich überwach. Die Fahrt in Bauer Traugotts Pick-up bis Friedrichshain hatte er gar nicht richtig mitbekommen. Tausend Gedanken und Ängste rasten durch seinen Kopf. Von Jon aus hatte er gleich noch mal Akis Handy angerufen und eine Nachricht auf den AB gesprochen.

„Fassen wir zusammen.“ Val stemmte die Fäuste auf Herrn Laskys Schreibtisch. Sie trug einen Pyjama von Jon, was wohl hieß, dass sie die Nacht hier in der Wohnung verbracht hatte, und Kris fragte sich schwach, was das zu bedeuten hatte. Aber er war zu müde, um sich mit seinen Zweifeln auseinanderzusetzen. Jon hatte Boxershorts an und ein T-Shirt und sah aus, als hoffte er inständig, dass Val die Dinge in die Hand nähme. Was sie auch tat.

„Pass mal auf, Kris. Dein Rechner ist verwanzt. Jemand war auf deiner Platte, und ich werde noch rauskriegen, wer das war."

„Geht das so einfach?", fragte Kris lahm.

„Pah, was heißt schon einfach! Man muss es richtig anstellen." Längst hatte Kris Val und Jon alles erzählt: Akis merkwürdige, niedergeschlagene Stimmung. Der Spontanbesuch einer fast vergessenen Freundin. Die Kameras und der Überfall.

„Na gut, na gut", nickte Val. „Systematisieren wir, was wir haben."

Kris warf Jon einen Blick zu. Der grinste schief. Val war nicht zu bremsen.

„Erstens: Wir haben die Spuren im Netz. Jemand hat deinen Rechner besetzt. Zweitens: Aki hat dir von ihrer ulkigen Freundin erzählt. Die beiden haben sich seit Jahr und Tag nicht gesehen. Angeblich hat die Tante einen Burn-out. Warum sucht sie sich ausgerechnet euer Hausboot für ihren Erholungsurlaub aus?"

Kris zuckte die Achseln. „Keinen Schimmer."

„Wo arbeitet sie, hat Aki gesagt?"

„Für ein Forschungslabor."

„Hier in Berlin oder was?", bohrte Val.

„Ich weiß nicht."

„Jon, schmeiß den Rechner an und checke, wo in Berlin und Umgebung Forschungslabore sind."

Gehorsam drückte Jon ein paar Tasten. „Was forscht sie denn?", fragte er.

„Sie ist Chemikerin", erinnerte sich Kris. Mein Gott, was war er müde. Nur nicht einschlafen jetzt. Nur einen Weg finden, Aki aus der Scheiße herauszuholen.

„Alles klar.“ Val nickte Jon zu und fuhr sich mit den Händen durch das platinblonde Strubbelhaar. „Ich mache mich dran, im Netz nach Spuren zu suchen … “

Kris nickte schwach. Nicht denken, nur nicht denken. Wenn er anfing, diesen Wahnsinn in all seinen Ausmaßen zu begreifen, würde er durchdrehen. Er fing Jons Blick auf. Die spinnt, schienen seine braunen Augen zu sagen. Die spinnt total.

Val machte unbeeindruckt weiter. Kris fand sie klasse. Sogar jetzt, in diesem ziemlich üblen Moment, wo er vor Sorgen und Müdigkeit fast irre wurde.

„Kris, was denkst du, wollen diese Kerle von euch?“, fragte Val leise.

„Ich habe nicht den leisesten Dunst“, stöhnte Kris.

Ihm war, als wolle ein übermächtiger Feind ihn zermalmen, und er wusste nicht mal, warum.

Zwei Stunden später betraten sie ein Büro im Friedrichshainer Polizeirevier. Kris konnte kaum noch die Augen offenhalten.

„Ich bin Ursula Meixner“, stellte eine groß gewachsene Frau sich vor. „Hauptkommissarin.“

Kris schilderte, was gestern Nacht auf der *Susanna* passiert war. Die Kommissarin runzelte die Stirn, während sie Notizen machte. Als Kris geendet hatte, sagte sie:

„Du weißt, dass Vortäuschung einer Straftat auch ein Delikt ist?“

„Ich täusche nichts vor. Es ist wirklich passiert“, entgegnete Kris.

„Dann fahren wir zu eurem Boot!“

Die Kommissarin und ein Polizist in Uniform ließen Kris, Val und Jon in einen Wagen mit getönten Scheiben einsteigen. Frau Meixner setzte sich ans Steuer. Kris vergrub sich in die absurde Hoffnung, sie würden zur *Susanna* kommen und Aki wäre dort. Alles wäre nur ein bescheuerter Traum gewesen. Solche Sachen passierten! Im Sonnenlicht schien es vollkommen bizarr, an Entführung zu glauben. Vielleicht wollten die Typen das Hausboot einfach ausrauben.

Ausrauben, logisch, hörte er Akis Stimme. Weil bei uns so viel zu holen ist, ja?

Der Kanal glitzerte in der Sonne, als sie am Kai hielten. Friedlich dümpelte die *Susanna* an ihren Haltetauen. Die Polizisten stiegen aus.

„Hallo, ist da jemand?"

Ihre Rufe hallten über das Wasser. Niemand reagierte.

„Hat sich was verändert seit gestern?", flüsterte Val Kris zu. Sie waren ebenfalls aus dem Wagen geklettert und standen nun am Kai. Jon sank erschöpft auf einen Poller. Inzwischen war es fast unerträglich heiß.

„Ich glaube nicht", antwortete Kris unsicher. Mittlerweile glaubte er selbst nicht mehr an das, was er erlebt hatte. Die Kälte des Kanalwassers und seinen brackigen Geschmack spürte er noch – aber die Angst, die Aufregung, sein hilfloses Klopfen an Akis Tür, all das schien unwirklich und Lichtjahre her.

Die Polizisten liefen über das Fallreep. Die *Susanna* schwankte unter ihren Schritten. Wie gelähmt sah Kris zu. Er hörte, wie Türen auf und zu gingen. Schließlich traten die beiden an Deck.

„Komm mal rauf, Junge!", rief der Uniformierte.

Mit bleischweren Beinen setzte sich Kris in Bewegung. Er betrat das Deck und stieg die paar Schritte in die Kajüte hinunter.

„Habt ihr nicht abgeschlossen?" Die Stimme des Polizisten klang vorwurfsvoll.

Kris wusste es nicht mehr. Hatte er hinter sich zugesperrt, als er von Deck gekommen war? Wahrscheinlich nicht. Er sah sich im Raum um. Da war sein Bett. Sein Kopfkissen. Sein Pyjama, eilig heruntergerissen, auf dem Boden.

„Die Kamera!“ Aufgeregt rutschte er auf den Boden und spähte unter das Bett.

„Du meinst die Kamera, die du abmontiert hast?“ Ursula Meixner sah ihn durchdringend an.

„Sie war dort oben befestigt. Mit Klettband.“ Kris’ Finger zitterte leicht, als er an die Decke zeigte.

Die Kommissarin kletterte auf einen Stuhl. „Man sieht die Klebespuren.“

Kris wollte nur noch hier raus. Zum ersten Mal in seinem Leben fühlte er sich auf dem Boot eingeengt.

Die Meixner begutachtete die Tür zu Akis Zimmerchen. Das Schloss war geborsten, die Tür hing windschief in den Angeln. „Flessner, kommen Sie mal?“, rief sie ihren Kollegen.

„Das Schloss ist auch kaum mehr als eine Attrappe“, meinte der Polizist genervt. Er hatte einen gedrungenen Körperbau und roch streng.

„Ich“, begann Kris, aber dann hielt er inne. Er wusste einfach nicht, was er sagen sollte. Ein paarmal drehte er sich um seine eigene Achse. „Ich habe die Kamera auf den Tisch gelegt. Aber da ist nichts.“ Überhaupt kam ihm der Tisch seltsam leer vor.

„Deine Schwester ist einfach mal verreist. Oder in die Stadt gefahren. Habt ihr euch gestritten? Hm?“

Flessners bemüht väterlicher Ton ging Kris auf den Geist. Durchatmen jetzt. Er ging an Deck. „Akis Fahrrad steht draußen“, sagte er, als er zurückkam. „Und meins auch. Sie kann nirgendwo hingefahren sein. Wir haben kein Auto. Und zu Fuß kommt man nicht weit.“

„Es gibt S-Bahn und Busse“, warf die Kommissarin ein.

„Dein Notebook“, zischte Val. „Ist dein Notebook hier?“

Kris sah sich um. Das war es! Deshalb schien ihm der Tisch so leer! Beide Rechner, seiner und Akis, waren verschwunden. Ratlos wollte er die Schubladen an dem kleinen Tisch aufziehen.

„Nichts anfassen!“, fuhr Flessner auf.

„Unsere Rechner sind weg“, murmelte Kris. Er ging die paar Schritte in Akis Zimmerchen. Das Bullauge war geschlossen. Neben dem Bett lag ein Haufen mit Akis Klamotten.

„Sie hat nicht mal ihre Sachen anziehen können!“

Frau Meixner, die sich neben ihn gequetscht hatte, schnaubte. „Bist du sicher?“

Die stellte Fragen! „Ich *bin* sicher.“

Er öffnete die Tür zum Bad. Alles wie immer. Eng, klein, aufgeräumt. Kommissarin Meixner warf einen Blick in den Technikraum. „Viel Wasser habt ihr nicht mehr an Bord.“

Kris starrte auf die Anzeige des Trinkwassertanks: Die Uhr stand fast auf Null. Bei normalem Verbrauch wäre der Tank in einem Tag leer. Also hatte Aki sich auch nicht darum gekümmert, dass der Tank aufgefüllt wurde.

Flessner kam ihnen nach. Er hielt „Krisen überwinden“ in der Hand. „Hat deine Schwester das gelesen?“

Kris nickte.

„Na, irgendwelche Probleme wird sie ja dann wohl gehabt haben“, murmelte Flessner. „Ärger mit einem Lover vielleicht? Der die Tür aufgebrochen hat? Klingelt da was bei dir?“

„Aki hat keinen Lover. Außerdem waren es mehrere Kerle. Sind mit Autos gekommen. Ich habe Motoren gehört“, sagte Kris matt.

„Irgendwo müssen die doch da draußen Spuren hinterlassen haben."

„Gehen wir schauen!", schlug Val vor.

Kris hätte am liebsten gelacht. Mit ihrer blonden Igelfrisur und den ausgelatschten Chucks schritt sie so energisch an den Polizisten vorbei, als wären sie ihre Untergebenen.

Im Staub auf dem Kai waren Reifenabdrücke.

„Tatsächlich", murmelte Flessner.

„Und hier!" Jon hockte sich an den Wegrand. „Abgebrochene Zweige! Hier muss sich jemand durch das Dickicht zum Kai durchgequetscht haben. Die Sträucher sehen ganz schön ramponiert aus."

„Wie viele Leute waren das, sagst du?", fragte Flessner.

„Ich weiß es nicht genau. Vielleicht fünf oder sechs", antwortete Kris. Hoffentlich stammten die Reifenspuren von den Autos des Überfallkommandos, damit es irgendeinen Beweis für die Anwesenheit feindlicher Typen gab. Die Sorge um Aki machte ihn fast wahnsinnig. Während sie hier herumstanden und über die Möglichkeit eines Überfalls diskutierten, war seine Schwester in den Händen von irgendwelchen Irren, die wer weiß was im Schilde führten.

Unruhig trat er von einem Fuß auf den anderen, während die Kommissarin die Reifenspuren und die gerupften Büsche fotografierte.

„Wir brauchen die Kriminaltechnik", stellte sie fest. „Wobei dir doch klar ist, dass das noch nichts beweist?" Ihre dunklen Augen sahen Kris streng an. Ihm war schwindelig vor Müdigkeit.

„Sie glauben, ich habe mir das ausgedacht?", fragte er schwach.

„Er hat es sich nicht ausgedacht", fuhr Val dazwischen. „Kris ist absolut glaubwürdig. Außerdem: Seine Schwester ist eindeutig nicht hier. Und sie hat auch keine Klamotten gepackt oder ihr Rad mitgenommen oder irgendwas. Wohin sollte sie denn verschwinden, mitten in der Nacht?“

„Was ist mit den Kameras?“, mischte sich Jon ein. „Kris hat diese Kameras abmontiert. Und außerdem – he!“

Val war ihm brutal auf den Fuß getreten.

„Ich habe gesehen, wie sie gekidnappt wurde.“ Kris’ Stimme war ganz rau. Das Atmen fiel ihm schwer.

„Vom Wasser aus, ja? Wie weit warst du da vom Boot weg, hm?“, fragte Flessner.

Auf einmal war er so wahnsinnig, wahnsinnig wütend auf diesen Trottel in Uniform. Kris ballte die Fäuste. Die Fingernägel bohrten sich schmerzhaft in seine Handballen.

Die Kommissarin ließ sich Akis Handynummer geben und wählte. Kurz darauf schüttelte sie den Kopf. „Mailbox.“

Die beiden Polizisten sahen einander an. Schließlich sagte Frau Meixner: „Wenn deine Schwester bis morgen nicht auftaucht, gibst du eine Vermisstenanzeige auf, Okay?“

Kris konnte es nicht glauben. Sie nahmen ihm die Geschichte nicht ab! Das durfte nicht wahr sein! „Bitte, Sie müssen mir helfen! Ich habe keine Ahnung, wo ich nach Aki suchen soll!“ Der Name ihrer Freundin Ellen huschte durch seinen Kopf. Er sah zwischen den Polizisten und Val und Jon hin und her.

Unmerklich legte Val den Finger auf die Lippen.

Kommissarin Meixner forderte die Kriminaltechnik an.

Die Sonne brannte. Kris fragte, ob er ein paar von seinen Sachen holen dürfte.

„Sobald die Kriminaltechniker ihre Arbeit gemacht haben!“ Die Meixner setzte sich zu ihrem Kollegen in den Wagen.

Kris, Val und Jon warteten im Schatten unter den Büschen am Kai.

„Warum haben die unsere Rechner mitgehen lassen?“, fragte Kris.

„Ganz gut so“, seufzte Val. „Weil die Bullen sonst vielleicht spitzgekriegt hätten, dass ich auf deiner Maschine war.“

Kris starrte sie an.

„Hast du meine Message nicht gelesen?“ Val lächelte entschuldigend. „Ich wollte dir eine kleine Lektion erteilen. Im Netz bist du echt voll unvorsichtig.“

Allmählich wurde Kris alles zu viel.

„Die glauben mir sowieso nichts“, stöhnte er.

„Warte erst mal ab“, tröstete Val.

Kris war sicher: Zur Polizei gegangen zu sein war so ziemlich der größte Mist, den er sich hatte einbrocken können.

Eigentlich würde er jetzt gern hier am Kanal sitzen. Mit Jon und Val, und gemeinsam in die Ferien abtauchen. Wenn er es allerdings genau nahm, wollte er nur mit Val hier sitzen.

Endlich kam ein Van angefahren. Vier Typen in Overalls stiegen aus. Sie übernahmen die *Susanna* wie eine feindliche Armee. Nach einer guten Stunde verließen sie das Boot wieder. Sie beschäftigten sich mit den Reifenspuren am Kai, kratzten an den abgeknickten Zweigen herum, stiegen schließlich in ihren Van und verschwanden.

Kommissarin Meixner kam auf die drei zu.

„Und?“, fragte Val schlicht. „Haben Sie irgendwelche Anhaltspunkte? Fingerabdrücke, Spuren?“

„Wir haben drei aussagekräftige Profile gefunden. Kris, nachher müssen wir deine Fingerabdrücke aufnehmen, um sie zu vergleichen. Hattet ihr mal Besuch in letzter Zeit?“

Kris spürte, wie alles in seinem Kopf rotierte.

„Nein. Ich weiß nicht. Ich war zwei Wochen im Landschulheim.“

„Du bist erst 17“, sagte Frau Meixner mit einem Blick auf die Papiere, die sie in den Händen hielt. „Du solltest keinesfalls auf dem Boot bleiben. Jedenfalls nicht, bis wir sicher wissen, was sich hier abgespielt hat!“

„Kris kann bei mir wohnen. Mein Vater hat bestimmt nichts dagegen“, wagte Jon sich vor.

Kris fand Jon hochanständig. Fast tat es ihm leid, dass er sehr spezielle Gedanken über Val und Jon hegte.

Die Meixner sah Kris durchdringend an. „Wir nehmen die Adresse deines Freundes auf. Morgen kommst du vorbei, wir brauchen deine Fingerabdrücke.“

„Kann ich jetzt ein paar Sachen holen?“, fragte Kris schwach.

Sie machte eine unwirsche Handbewegung. Kris kletterte an Bord. Er stopfte Jeans, zwei T-Shirts und Sportsachen in den Rucksack. Ganz unten kugelten noch Kollegblock, Stifte, Digitalkamera und sein Waschbeutel vom Landschulheim herum. Ein letztes Mal sah er sich in der Kajüte um. Sollte Aki wiederkommen, musste sie wissen, wo sie ihn fand. Er riss einen Zettel vom Notizblock neben der Spüle ab, schrieb „Du weißt, wo du mich findest“ drauf und legte ihn gut sichtbar auf den Tisch.

„Scheiße“, stöhnte Kris. Er saß auf dem Sofa im Arbeitszimmer von Jons Vater und raufte sich das Haar. Wenigstens hatte er die Klamotten von Bauer Traugotts Sohn gegen seine eigenen eingetauscht. „Die nehmen uns nicht für voll.“

Val hielt ihren Laptop auf den Knien; ihre Finger jagten wie irr über die Tastatur.

„Appetit?“, fragte Jon. Er hatte beim Türken gegenüber drei Portionen Börek und Cola besorgt.

„Das Schlimmste ist: Ich glaube mir selber nicht einmal mehr.“ Kris ließ den Kopf hängen.

„Quatsch nicht!“, fuhr Val ihn an. „Was dieser Flessner denkt, dafür würde ich meine Hand nicht ins Feuer legen. Aber Kommissarin Meixner … für die ist der Überfall Tatsache. Sie kann ihn nur nicht einordnen.“

„Was meinst du damit?“ Kris nahm einen Börek und biss hinein. Ein bisschen Hackfleisch bröselte aus dem Teig und landete auf dem Boden. Er stippte es mit dem Finger auf.

Val lehnte sich zurück. „Erstens“, begann sie, „fehlt keins von euren Fahrrädern. Es ist unwahrscheinlich, dass Aki zu Fuß abgehauen ist. Zweitens die Reifenspuren. Irgendwelche Autos waren letzte Nacht dort am Kai. Die Frage ist halt, wer die Autos dahingefahren hat und warum. Akis Schlafanzug ist weg, ihre normalen Klamotten sind auf der *Susanna*. Drittens die Story mit den Kameras. Für sich allein bedeuten diese Dinge vielleicht nichts. Aber zusammengenommen schon!“ Sie warf einen Blick auf das Display ihres Rechners. „Und das schlagendste Argument: Eure Notebooks sind geklaut.“

„Ich weiß nicht.“ Kris zuckte die Achseln. „Sie könnten mir auch vorwerfen, ich hätte sie selber weggeschmissen. Und die Fingerabdrücke … das dritte Profil muss ja wohl von Ellen sein.“

„Warum wolltest du nicht, dass wir was von Ellens Besuch sagen?“ Jon sah vorwurfsvoll drein. „Von deinem Tritt habe ich immer noch einen blauen Fleck am Schienbein.“

„Dann vernehmen die Bullen Ellen. Noch so eine Tussi mit einem Burn-out. Halb unzurechnungsfähig. Zwei durchgeknallte Frauen auf einem Boot.“

Kris starrte Val verblüfft an. „Aber Aki …“

„Hast du gesehen, wie dieser Flessner Akis Buch angeguckt hat? Dass sie was über Krisen liest, hat ihm doch nur bestätigt, dass sie neben der Mütze ist.“

„Komisch, es gibt keine Spuren, nur die kaputte Tür“, murmelte Kris.

„Die Täter haben wahrscheinlich mit Handschuhen gearbeitet. So schlau sind die Bullen auch, dass sie das einkalkulieren. Kriege ich einen Börek?“, fragte Val.

Jon lag fast waagerecht im Raum, als er ihr eilig die Alubox hinschob. „Und warum wolltest du nicht, dass ich denen erzähle, dass einer auf Kris' Festplatte war?"

Kris öffnete eine Colaflasche. Es zischte. Durstig trank er die Hälfte in einem Zug leer. „Val will erst mal selber checken, was Sache ist, oder?"

„So ungefähr. Außerdem hätten die Bullen ja sonst rausgekriegt, dass ich auch auf Kris' Platte war."

„Und noch auf unzähligen anderen", ergänzte Jon.

„Du musst eine Vermisstenanzeige aufgeben." Val deutete mit ihrem schwarz lackierten Zeigefinger auf Kris. „Du musst glaubhaft machen, dass es nicht normal ist, wenn sie sang- und klanglos verschwindet."

„Ich hab *gesehen*, wie sie Aki über das Fallreep gezerrt haben."

„Sollen wir beim Fallschirmspringerclub anrufen? Vielleicht ist sie dort aufgekreuzt."

Kris setzte nicht die leiseste Hoffnung in Jons Vorschlag, wählte dann aber doch die Nummer der Skydivers, mit denen Aki regelmäßig trainierte. Die Fallschirmfans hatten seine Schwester allerdings seit über zwei Wochen nicht gesehen. „Schöne Pleite!" Kris legte auf.

„Und jetzt?" Jon warf die Reste seines Börek in den Papierkorb. Es war heiß und stickig im Zimmer. Kris spürte, wie sich seine Kehle vor Panik zuschnürte.

„Wann war noch mal diese Freundin von Aki auf der *Susanna*?", erkundigte sich Val.

„Kurz nachdem wir ins Landschulheim gefahren sind."

Er wählte Akis Nummer. „Hi! Dies ist Akis AB. Hinterlasst mir eine Nachricht.“ Kris legte auf.

Vals Zeigefinger tippte unentwegt auf die taktile Fläche ihres Laptops. Mit einer energischen Handbewegung schloss sie den Computer und legte ihn neben sich. „Alles steht und fällt mit dieser Ellen, findet ihr nicht?“

„Wieso?“ Jon sah Kris an. Der zuckte die Schultern und grinste schief. Vals Gedankensprünge führten meistens um zu viele Ecken gleichzeitig.

„Ellen kommt unangemeldet zu Besuch. Bleibt drei Tage. Danach ist Aki wie ausgewechselt.“

„Schon komisch“, nickte Jon. Kris hätte wetten können, dass sein Kumpel keinen Schimmer hatte, worauf Val hinauswollte.

„Simple Sache, Boys: Wir müssen diese Ellen finden. Vielleicht ist irgendwas auf dem Boot zwischen ihr und Aki vorgefallen.“ Sie wandte sich Jon zu. Ihre grauen Augen bohrten sich in seine. „Wie weit bist du mit deinen Recherchen zu Forschungslaboren?“

Jon schluckte.

„Halt dich ran, Babe“, befahl Val. „Wir checken sämtliche Labore durch, die wir im Internet finden. Ran an den Speck, Jungs!“

Kris war ihr dankbar, dass sie Stress machte.

Wenigstens glaubten ihm Val und Jon.

KAPITEL 13

„Ich hab sie!“ Val warf die Arme in die Luft. „Hurray, Leute, schaut her: Ellen Lennart. Das muss sie sein.“

Die drei steckten die Köpfe zusammen. Kris’ Ohr berührte Vals Haar, während sie auf den Bildschirm starrten.

„Kommt sie dir bekannt vor, Kris?“ Val deutete auf das Porträtfoto.

„Klar, das ist sie.“

„Studium der Chemie. Derzeit Doktorandin an der Humboldt-Universität zu Berlin … blablabla … befasst sich mit einer Studie zum Wirkstoff Amisulprid … blabla …“, las Val laut vor.

„Das ist keine Uni-Seite“, merkte Jon sofort.

„Nope. Ein Labor. Hier. ‚Glinka InterLabs‘.“

Kris fuhr mit dem Finger die Zeilen entlang. „Ellen Lennart, Spezialistin für Neuroleptika. Ich verstehe nur Bahnhof.“

„Hier steht eine Skizze ihrer Doktorarbeit.“ Val klickte auf einen Link.

„Wie – stellen die ihr Zeug ins Netz, bevor es fertig ist?“, fragte Jon. Er hatte genauso viel Angst vor Datenklau im Internet wie sein Vater.

„Ich glaube, das dient einfach dazu, herauszufinden, ob jemand anderes durch Zufall das gleiche Thema wählt“, beruhigte Val. „Lasst uns mal alles ausdrucken.“

In der nächsten halben Stunde stürzte sich Kirs in die Lektüre und las einen Artikel nach dem anderen. Er fand heraus, dass Neuroleptika Psychopharmaka waren: Medikamente, die die Gefühle von Menschen veränderten. Es gab grob vier verschiedene Sorten: Tranquilizer, um die Patienten ruhigzustellen. Aufputschmittel, die das genaue Gegenteil hervorriefen, nämlich das Zentralnervensystem der Patienten anzuregen. Schließlich waren da noch Stimmungsaufheller; und dann Neuroleptika, mit denen Psychosen behandelt wurden.

„Was ist eine Psychose?“, fragte Kris in die Stille des Arbeitszimmers hinein. Es klang nach verrückt, nach wahnsinnig, nach Irrenanstalt.

„Guck nach!“, grunzte Val. Sie lag bäuchlings auf dem Teppich und studierte die Ausdrucke. Kris setzte sich an ihren Laptop und googelte „Psychose“:

Eine psychische Erkrankung, die mit dem zeitweiligen Verlust des Realitätssinnes einhergeht.

Das klang ätzend. Kris hob den Kopf. Die anderen beiden waren so in ihre Lektüre vertieft, dass er nicht stören wollte. Er forschte weiter. Psychosen wurden also mit Neuroleptika behandelt. Genauso wie Erregungs- und Angstzustände.

Val unterbrach seine düsteren Gedanken: „Sag mal: Aki kennt Ellen noch aus der Schule, oder?“

Kris nickte.

„Könnte es sein, dass Aki ein psychisches Problem hatte und Ellen gebeten hat, ihr zu helfen?"

„Quatsch!" Aki ein psychisches Problem! Das musste erst noch erfunden werden, dachte Kris.

„Sie hat sich jede Menge Arbeit aufgehalst. Die Werbeagentur, die Schauspielerei …"

„Du kennst Aki, Val! Sie ist einfach ein super aktiver Typ. Kann nicht still sitzen. Du bist mit ihr bei den Skydivers gewesen. Aki hat vor nichts Angst!"

Val setzte sich auf. „Jeder stößt mal an Grenzen, oder?"

„Aki hat Kris aber erzählt, dass *Ellen* an einem Burn-out leidet", mischte Jon sich ein.

„Genau!" Beruhigt legte Kris den Laptop beiseite.

Val wedelte mit ihren Papieren. „Ich habe mich auf die Nebenwirkungen von Psychopharmaka gestürzt. Da gibt es Infos satt. Alle Medikamente haben nämlich Nebenwirkungen. Lässt sich gar nicht vermeiden. Ein Arzt muss also das Arzneimittel so verabreichen, dass es möglichst viele positive Effekte hat und möglichst wenige Nebenwirkungen. Hier." Vals Bleistift knallte auf die Ausdrucke. „Neuroleptika können zum Beispiel zu Müdigkeit und Orientierungslosigkeit führen. Der Patient verändert sich. Wird antriebslos. Manche kriegen Heißhunger und werden innerhalb kürzester Zeit zur Tonne."

„Das Letzte trifft auf Aki überhaupt nicht zu!", wehrte Kris ab.

„Ich meine ja nur", sagte Val langsam, „dass es vielleicht so war: Aki fühlt sich abgespannt. Zufällig ruft ihre alte Freundin an. Aki lässt durchblicken, dass sie ausgepumpt ist. Ellen, Spezialistin für

Psychopharmaka, bietet Hilfe an. Aki muss nicht zum Arzt gehen und niemand kriegt mit, dass sie mal eine Zeit lang Tabletten nimmt, um auf Touren zu kommen."

Kris musste zugeben, dass da etwas dran war. Er traute Aki zwar keine Psychose zu. Aber man konnte nie wissen. Mit den psychischen Störungen schien es so zu sein wie mit Durchfall oder Kopfweh: Es konnte einfach jeden erwischen. Ein Durchhänger. So was kam vor.

Es erklärte jedoch nicht, warum eine Handvoll Dreckskerle Aki gekidnappt hatte.

„Apropos Heißhunger", mischte Jon sich ein. „Der letzte Börek ist schon wieder ewig her. Ich muss mir was zwischen die Kiemen schieben. Wie sieht's bei euch aus?"

„Gute Idee." Val stand auf.

„Ich bleibe hier", sagte Kris. „Ich muss nachdenken. Bringt mir was mit."

DIENSTAG

Mitternacht war vorbei. Val war längst heimgegangen. Kris lag auf dem Sofa im Arbeitszimmer von Jons Vater und starrte durch das Fenster in einen grau-orange farbenen Himmel, der nicht richtig dunkel werden wollte. Die Hitze und die Angst um Aki versetzten ihn in einen Ausnahmezustand. Alle halbe Stunde fuhr er aus dem Halbschlaf hoch und stellte fest, dass er in der Wärme zitterte. Er hörte Jon in seinem Zimmer leise schnarchen. Ein leichter Luftzug wehte durch die Wohnung.

Das Schlimmste war: Immer wieder ging Kris durch den Kopf, er könnte sich den Überfall nur eingebildet haben. Aber was war mit den Kameras? Der aufgebrochenen Tür? Mit Vals Behauptung, jemand wäre auf seinem Rechner gewesen? Und was hatte Aki so übel verändert?

Schließlich schaltete er das Licht an und las mehr über Psychosen. Die Patienten hatten Wahnvorstellungen und hörten Geräusche, die eigentlich gar nicht da sein konnten. Doch bevor ihre Wirklichkeitswahrnehmung massiv gestört war, klagten die Psychotiker zunächst über ganz normale Sachen: Sie konnten schlecht oder gar nicht schlafen, waren ständig gereizt und zogen sich von ihrer Umwelt zurück. Kris rieb sich die Augen. Das war nicht Aki.

Oder war es doch Aki? Hatte sie sich womöglich monatelang mit Tabletten auf den Beinen gehalten?

Als Kris die Nebenwirkungsliste durchcheckte, die Val ausgedruckt hatte, fiel ihm auf, dass manches auf die Aki zutraf, wie er sie nach dem Landschulheim erlebt hatte: vor allem ihre Müdigkeit und Lustlosigkeit. Beides war sonst absolut untypisch für seine Schwester. Kris las, dass Neuroleptika als häufige Nebenwirkungen Tremor und Muskelverkrampfungen hervorriefen. Er googelte nach „Tremor" und fand als Erklärung „Zittern". Er erinnerte sich, wie Akis Finger gebebt hatten, als sie auf dem Sofa lag und dieses Buch in der Hand hielt. „Krisen überwinden". Sie las nicht mal. Sie lag bloß da, mit dem Buch in der Hand, und glotzte an die Decke.

„Trotzdem passt es nicht zu Aki", dachte Kris laut.

Er griff nach seinem Rucksack und kippte den Inhalt auf den Teppich. Ganz unten, in seinem Waschbeutel, lagen die drei Pillen, die im Landschulheim rumgegangen waren. Speed. Ein paar von den Jungs und natürlich Val hatten ein großes Gewese darum gemacht, wo das Zeug herkam. Kris, der Langweiler, hatte sich damit begnügt, seinen Klassenkollegen zuzusehen, wie sie sich mit ein bisschen Chemie im Blut zum Affen machten. Gut drauf sein, das war einfach, wenn man ein klein wenig nachhalf. Um mal abzuspannen.

Kris betrachtete die Tabletten auf seiner Handfläche.

Vielleicht sollte er eine schlucken. Nur eine. Um die quälenden Gedanken auszuschalten. Die Pillen waren winzig und rund und so leicht, dass er sie in seiner Hand nicht mal spürte.

Generervt warf er sie zurück in den Waschbeutel.

Erst früh am Morgen schlief er ein.

Auf dem Weg zu Glinka InterLabs stoppten Kris, Jon und Val in der Polizeidirektion. Kommissarin Meixner hatte nichts Neues zu berichten.

„Wenn deine Schwester entführt wurde, sollte sich irgendjemand melden und eine Forderung stellen, oder?“

Kris zuckte die Achseln. Er konnte sich nicht vorstellen, wer eine Forderung hätte, denn im Grunde genommen war sein und Akis Erspartes so gut wie aufgebraucht. Von ihren Eltern hatten sie kaum etwas geerbt. Aki schuftete, um genug Geld für sie beide zu verdienen. Kris fiel wieder ein, dass er vorgehabt hatte, sich für die Sommerferien einen Job zu suchen.

Frau Meixner befragte ihn nach Akis Bekannten und Freunden, nach Arbeitskollegen in der Werbeagentur, sie horchte ihn nach verborgenen Konflikten, Streitereien und anderen unklaren Dingen aus. Schließlich nahm sie die Vermisstenanzeige auf und schickte ihn in einen Nebenraum, wo ein Polizist mit einem Scanner seine Fingerabdrücke nahm.

„Kopf hoch“, sagte sie zum Abschied, als Kris, Jon und Val die Polizeidirektion verließen. „Wird schon werden.“

Glinka InterLabs befand sich in einem schicken Bürohochhaus am Potsdamer Platz. Eine Drehtür führte ins Foyer.

„Okay“, bestimmte Val. „Einer von uns geht da jetzt rein und fragt nach Ellen.“

„Einer?“, fragte Jon entgeistert. Kris sah ihm an, dass er dieser eine auf keinen Fall sein wollte.

„Ist doch logo“, stöhnte Val. „Wäre nicht geschickt, wenn sie uns gleich alle drei zu Gesicht bekommt. Besser, zwei bleiben im Hintergrund. Man kann nie wissen.“

Kris gab sich einen Ruck. Das hier war seine Sache.

„Ich mach’s“, verkündete er cool.

Mit gemischten Gefühlen betrat er das Foyer. Innen war es gefühlte dreißig Grad kälter. Der Boden weiß gefliest, die Wände aprikosenfarben gestrichen. Alles strahlte Eleganz und Überlegenheit aus. Wer hier in ausgetretenen Chucks hereinkam, fühlte sich automatisch wie auf dem Schleudersitz.

An einer Theke aus dunklem Holz wartete bereits der Portier. Er trug eine makellose, dunkelblaue Uniform und hob fragend die Augenbrauen, als Kris auf ihn zutrat. Vor ihm auf dem Tresen stand ein Schild: „Bitte weisen Sie sich aus.“

„Ich möchte zu Ellen Lennart von Glinka InterLabs“, sagte Kris.

Der Mann musterte Kris abschätzig. Endlich bequemte er sich, eine Nummer zu wählen. „Besuch für Frau Lennart. Ein gewisser …“ Er sah Kris fragend an.

„Kris Roloff.“

„Kris Roloff“, gab der Pförtner weiter. Er runzelte die Stirn. „Aha … erst heute Nachmittag … verstehe …. gut.“

Das klang ziemlich nach Niederlage.

„Tja, junger Mann, Frau Lennart ist heute nicht im Labor und ein Besuchstermin ist auch nicht eingetragen. Ich glaube, du siehst besser zu, dass du verschwindest.“

„Aber …“

„Ich kann auch den Sicherheitsdienst rufen.“

Die Augen des Pförtners bohrten sich in Kris’ Rücken, als er über die spiegelnden Fliesen zur Tür trabte und das Bürohaus verließ.

Eine Straßenecke weiter traf er auf Val und Jon.

„Update?“, fragte Val.

„Ellen arbeitet heute erst nachmittags. Und die lassen keinen rein. Nur mit Besuchstermin.“

„Shit“, murmelte Jon.

Val schob die Unterlippe vor. „Okay, dann müssen wir andere Seiten aufziehen.“

Sie setzten sich in ein Straßencafé. Val sah entschlossen drein, während sie die Eiskarte studierte. „Ich nehme drei Kugeln Pistazieneis“, sagte sie. „Und ihr?“

Kris schloss sich Jon an, der einen Schokoschock bestellte, weil er beim besten Willen nicht wusste, was er wollte. Und weil ihm das Eis komplett egal war.

„Ich muss Ellen abpassen, wenn sie ins Labor kommt“, sagte er schließlich.

„Umgekehrt. Wenn sie nach Hause geht.“ Val betrachtete ihre Fingernägel. „Wenn du sie aufhältst, während sie hingeht, hat sie keine Zeit und wimmelt dich ab.“

„Ich könnte mich mit ihr für den Abend verabreden.“

„Das geht in die Hosen. Vielleicht will sie dich ja gar nicht treffen und versetzt dich!“, widersprach Val.

Jon nickte bestätigend. Kris widerstand dem Drang, seinem Kumpel eins auf die Nase zu geben.

„Sag mir nicht, ich muss mich hier für den Rest des Tages rumtreiben, um irgendwann spät am Abend Ellen aufzugabeln!"

„Doch. Du machst genau das." Val zog ihr Notebook aus der Tasche. „Lisa wird heute sechs. Ich muss demnächst heim und meiner Mutter helfen, die Gören unter Kontrolle zu halten. Aber vorher checke ich noch, was Glinka InterLabs so alles erforscht."

Das Eis kam. Kris betrachtete Val, wie sie ihre Portion löffelte und dabei konzentriert auf ihren Bildschirm sah. Logischerweise stand ihr eher der Sinn danach, im Internet zu recherchieren, als ihre kleine Schwester zu hüten. Er wechselte einen Blick mit Jon. Der grinste.

„Ist ja nicht schwer, es sich hier gemütlich zu machen. Du beobachtest den Eingang zum Glashaus, und wenn sie rauskommt, siehst du zu, dass du sie erwischst", ermunterte er Kris.

Aha, daher weht der Wind, dachte Kris finster. Jon macht sich mit Val aus dem Staub, und ich darf Schmiere stehen.

„Aber was soll ich mit ihr reden? Soll ich sie einfach direkt fragen: Hast du meiner Schwester Psychopharmaka besorgt?"

„Unsinn!" Val sah auf. „Du fängst harmlos an. Sag, du machst dir ein wenig Sorgen um Aki. Sie wäre so verändert. Ob Ellen was dazu weiß. Schließlich war sie auf dem Boot. Dass Aki entführt wurde, brauchst du ihr ja nicht gleich auf die Nase zu binden."

„Aber *sie* hatte angeblich ein Burn-out", funkte Jon dazwischen.

„Das ist genau der Punkt: Je nachdem, wie Ellen reagiert, zeigt sich, ob sie ehrlich ist."

„Du meinst, wenn sie von ihren eigenen Problemen gar nicht anfängt, signalisiert das, dass sie mit irgendwas hinterm Berg hält?" Kris hatte plötzlich keinen Appetit mehr auf das Eis.

„Beobachte, wie sie reagiert. Denk dran: Sie ist Profi auf dem Gebiet. In Sachen Psychopharmaka platzt ihr fast der Kopf. Solche Leute reden gern über ihre Lieblingsthemen. Sag ihr, du planst, nach dem Abi Chemie zu studieren."

„Hab ich nicht vor."

Val verdrehte die Augen. „Das ist doch jetzt schnurz. Hauptsache, du kommst mit ihr ins Gespräch und steuerst allmählich auf das Thema zu, dass uns interessiert."

Jon war andächtig damit beschäftigt, seinen Eisbecher leer zu kratzen.

Aber Kris verstand, was sie meinte. „Ich muss nach und nach herausfinden, ob sie eine Veränderung an Aki bemerkt hat, als sie aufs Boot kam. Und ob sie Aki vielleicht irgendein Mittel besorgt hat."

„Der Kandidat hat hundert Punkte." Val klappte ihren Laptop zu. „Ich muss los. Ruf an, wenn du mit Ellen durch bist!"

Hektisch stand Jon auf. „Ich komme mit!"

Schleimer, dachte Kris.

„Ellen Lennart?"

Ellen fuhr zusammen, als Kris aus dem Schatten des Lieferwagens trat. Von der Warterei vor dem Bürohaus war er völlig fertig. Die Hitze hatte sein Gehirn zu Brei verkocht. Es war halb zehn abends und immer noch unerträglich schwül.

Ellen sah genauso aus, wie er sie in Erinnerung hatte: einen halben Kopf kleiner als Kris, blond, mollig. Das Wuschelhaar war jedoch einer strengen Frisur gewichen. Sie trug ein braunes Kostüm und um den Hals einen Seidenschal. Unter ihrem Arm klemmte eine teure Aktenmappe aus Leder. Spießig hoch zehn.

„Ach … hallo, Kris! Wir haben uns ja eine Ewigkeit nicht gesehen!"

„Ich dachte, wir könnten uns kurz zu einem Kaffee oder so zusammensetzen. Es geht um Aki."

„Aki?" Eine steile Falte bildete sich über ihrer Nasenwurzel.

„Du warst doch ein paar Tage auf dem Boot." Er versuchte, ein aufmunterndes Lächeln aufzusetzen. Es kam ihm vor, als zöge er eine irre Grimasse.

„Ja." Ellens Blick wanderte an der Glasfassade des Gebäudes hinauf. Die Lichter Berlins und ein hell wie Metall glänzender Himmel spiegelten sich darin.

„Aki ist in Schwierigkeiten. Ich brauche Hilfe!"

„Ich habe nicht viel Zeit. Hatte einen langen Tag. Aber okay. Lass uns irgendwo was trinken gehen."

Schweigend setzten sie sich in Bewegung. Der Sommer spülte Schwärme von Leuten auf die Straße. Ein Typ joggte lauthals singend an ihnen vorbei. Ein Mädchen tanzte auf dem Gehsteig, die Hände an die Ohren gepresst. Die Musik in ihrem iPod lief so laut, dass Kris mithören konnte, als er mit Ellen vorbeiging. Seine Kehle war wie zugeschnürt. Mit seinem ganzen Stress war er hier völlig fehl am Platz. Ellen um Unterstützung zu bitten, kam ihm mit einem Mal bescheuert vor.

Sie setzten sich in ein Straßencafé.

„Was ist mit Aki?" Ellen stellte ihre Aktenmappe unter den Tisch.

Es traf ihn wie ein Stromstoß: Er wusste nicht, wie es Aki ging. Er wusste nicht mal, ob sie noch lebte.

Ellen wartete seine Antwort nicht ab. Sie winkte der Bedienung und bestellte ein Glas Weißwein. „Was willst du?"

„Eine Cola."

Die Bedienung zog ab.

Ellen sah auf ihre Hände. Sie wich Kris' Blick aus. Er hatte keine Ahnung, wie er weiterkommen sollte. Als Val den Schlachtplan ausgeheckt hatte, war alles so einfach gewesen. Verstohlen musterte er Ellen. Es kam ihm absolut unwahrscheinlich vor, dass Aki sich dieser spießigen Tussi anvertraut hatte. Aki, die in ausgelatschten Espadrillen und knallbunten Tunikas rumlief, mit einer Häkelmütze vom

Flohmarkt auf dem Kopf. Die beiden hatten doch nichts mehr gemeinsam.

„Hat es dir auf der *Susanna* gefallen?"

„War eine schöne Auszeit."

„Du hast bestimmt viel Stress!"

„Kann man so sagen. Doktorarbeit schreiben und dann noch arbeiten. Ich schufte manchmal 20 Stunden am Tag."

Kris wollte sich nicht einmal vorstellen, zehn Stunden pro Tag zu arbeiten. Aber vielleicht kam Ellen an Tabletten ran, die sie so fit machten, dass sie locker 48 Stunden durchrödeln konnte. Er dachte an das Speed, das mir nichts, dir nichts aus der Schlafmütze Jon einen kichernden Komiker gemacht hatte.

„Aki hat auch ein hartes Programm", versuchte er die Kurve zu kriegen.

„So war sie schon immer. Aber wem sage ich das: Du bist ihr Bruder."

Die Getränke kamen. Ellen griff sich ihr Glas und nahm einen großen Schluck.

„Sie hat immer erreicht, was sie wollte. Aber … wie soll ich sagen … das hat natürlich seinen Preis. Eigentlich bin ich froh, dass du mich ansprichst."

„Was meinst du damit?"

„Sieh mal." Ellen beugte sich vor und sah Kris direkt in die Augen. „Hast du es nicht bemerkt?"

„Was bemerkt?"

„Aki hat sich verändert. Ist reizbar geworden. Es ist nicht so leicht mit ihr auszukommen."

Kris brach der Schweiß aus. Ellen war die Veränderung an seiner Schwester aufgefallen.

„Aber – warum?“, brachte er heraus.

„Sie hat sich zu viel zugemutet. Wäre ja kein Wunder.“

Kris verstand nur Bahnhof.

„Aki ist ein sensibler Mensch. Nicht wahr?“, fragte Ellen geduldig.

Er nickte.

„Eben. Sensible Menschen sind nun mal anfälliger als andere für bestimmte Probleme. Sie entwickeln Symptome, die bei einem hartgesottenen Typen nicht auftreten.“

Kris hielt seine Schwester für ziemlich hartgesotten.

„Wer dünnhäutig ist, läuft Gefahr, irgendwann auszubrennen. Solchen Leuten geht alles unheimlich nahe. Sie verrennen sich in irgendwas, widersprechen sich ständig, kommen mit den Ansprüchen, die sie an sich haben, nicht mehr zurecht.“

Ellens Vortrag klang verdächtig nach Herrn Barnfelder.

„Irgendwann sind diese Menschen Argumenten nicht mehr zugänglich. Du kannst ihnen hundertmal erläutern, dass sie mal eine Pause machen sollen, dass sie die Krise, die sie durchleben, nutzen müssen, um klarer zu sehen – du beißt auf Granit.“ Sie zuckte die Achseln. „Menschen, die an einem Wahn leiden, sind unfähig, die Perspektive zu wechseln. Sie sehen die Welt und sich selbst in einer einzigartigen Weise, die niemand sonst mit ihnen teilt.“

„Wahn?“, krächzte Kris.

„Sie bilden sich zum Beispiel ein, ihre Nachbarn würden sie mit Laserstrahlen beschießen.“

„Wir haben keine Nachbarn."

„Bloß als Beispiel. Du kannst ihnen ihre Überzeugungen nicht ausreden!"

„Aki ist ein Draufgängertyp", widersprach Kris.

„Stimmt, bei ihr sieht alles mühelos aus. Schon in der Schule. Gute Noten in allen Fächern: kein Thema für Aki. In Sport ein As: eine Selbstverständlichkeit. Andere mussten sich krummlegen, um so weit zu kommen." Sie sah Kris freundlich an. „Ich verstehe, dass dich Akis Zustand verstört. Aber es gibt Medikamente …"

„Was für Medikamente?"

„Ich spezialisiere mich gerade in diesem Bereich. Mit Neuroleptika kann man den psychotischen Patienten das Leben erleichtern. Der Wahn wird gemildert, und irgendwann sagen die Betroffenen, dass sie sich gar nicht mehr vorstellen können, jemals so abgedrehte Gedanken gehabt zu haben."

„Aber Aki hat noch nie …"

Ellen beugte sich vor. „Deswegen will ich promovieren. Den Dingen auf den Grund gehen."

„In unserer Familie gibt es keine Verrückten."

Ellen hörte überhaupt nicht zu. „Wenn man gut ist, bekommt man eine Stelle in der Forschung. Da macht man richtig Geld."

„Ist doch auch stressig, oder? Zwei Jobs auf einmal."

„Was meinst du?" Ellens Augen flackerten.

„Aki erzählte, du hättest sie auf dem Boot besucht, weil du an einem Burn-out leidest."

„Nonsens!" Ellen lachte laut auf.

„Du meinst, Aki hat sich das ausgedacht?"

„Ich wollte ein paar Tage raus aus allem. Manchmal habe ich einfach zu viel um die Ohren. Dann schalte ich mal kurz ab, und danach ist alles wieder im Lot. Aki hat das überinterpretiert."

Misstrauisch musterte Kris sein Gegenüber. Ellens Klamotten sahen teuer aus.

„Wenn du deine Doktorarbeit fertig hast", fragte Kris, „wirst du neue Medikamente entwickeln?"

Ellen trank ihr Glas leer. „Ich glaube eher nicht. Mein Interesse liegt in der Grundlagenforschung."

„Aber die Arzneimittel haben auch reichlich Nebenwirkungen, oder? Tina, ein Mädchen aus meiner Klasse, hatte Prüfungsangst und bekam Tabletten. Aber sie war meistens total müde."

Ellen winkte der Bedienung. „Manchmal muss man das in Kauf nehmen. Ich habe Aki vorgeschlagen, sich in Behandlung zu begeben. Weil sie nämlich auf dem besten Weg zu einer Psychose ist, wenn sie so weitermacht." Sie legte zwei Zehner auf den Tisch.

„Psychose?" Kris wurde schwindelig.

„Frühe Symptome sind Reizbarkeit, Unruhe, Schlafstörungen, Appetitlosigkeit. Stimmungsschwankungen. Sozialer Rückzug. Na, dämmert was?"

„Bevor ich ins Landschulheim gefahren bin, war Aki wie immer", entgegnete Kris.

„Ich muss dringend los, Kris!" Ellen stand auf. „Ich habe noch einen Termin. Sieh zu, dass du Aki überzeugst, sich von einem Psychiater behandeln zu lassen. Dann bestehen gute Chancen auf Heilung. Wenn sie ihren Zustand verschleppt, wird es kritisch. Mach's gut!"

Sie stöckelte davon, Richtung U-Bahn.

Schrott, dachte Kris. Irgendwas ist faul mit Ellen.

Ausgebrannt jedenfalls kam ihm Akis Freundin nicht vor. Im Gegenteil: Diese Geschichte, die sie ihm gerade untergejubelt hatte, war genau das Gegenteil von dem, was Aki über sie erzählt hatte. Wenn sie das nicht verdächtig machte …

„Ich hab’s versaut“, murmelte Kris. Er war mit der U2 bis Rosa-Luxemburg-Platz gefahren, wo er auf Val und Jon traf. Nun saßen sie im Bus nach Friedrichshain. Kris gab in groben Zügen das Gespräch mit Ellen wieder. Er war unzufrieden mit sich selbst und zum Winseln müde. Gleichzeitig machte ihn die Sorge um Aki aber total hibbelig. Es war kaum auszuhalten. Die Dunkelheit hatte sich auf Berlin herabgesenkt. Sorglos ließen sich die Leute durch die warme Nacht treiben. Ihm kam es so vor, als wäre er der einzige Mensch in dieser riesigen Stadt, der von seinen Problemen überwältigt wurde.

Grüblerisch kaute Val auf ihrer Unterlippe. „Ihren eigenen Burnout hat sie abgestritten?“

„Sie hätte bloß mal eine Verschnaufspause gebraucht.“

„Du hast ihr nicht gesagt, dass Aki weg ist?“

„Nein. Ich kam nicht dazu. Sie hat selbst geredet wie ein Buch. Aber was seltsam ist: Ellen ist so anders als meine Schwester! Nie im Leben hat Aki sich dieser Tussi anvertraut“, brach es aus Kris heraus. „Kapiert ihr? Einer Spießerin im Kostüm! Über solche Karrieretypen mit Aktenmappen lästert Aki sich einen ab!“

Val legte ihre schmutzigen Füße auf das Polster neben Kris. Sie hatte lange, kräftige Zehen.

„Aber dass Aki verändert war, hat sie bestimmt mitgekriegt. Dir ist es ja auch gleich aufgefallen.“ Val kramte einen Packen Papiere aus ihrer Tasche und hielt ihn Kris hin. „Hier. Habe ich für dich ausgedruckt.“

Klar, dachte Kris. Val und Jon hatten wenigstens Zeit gehabt, etwas Sinnvolles zu machen, während er den ganzen Nachmittag bis zum späten Abend am Potsdamer Platz herumhing. Und das Sinnvolle hatte bestimmt nicht ausschließlich darin bestanden, irgendwelches Zeug aus dem Internet zu saugen oder Klein-Lisa und zehn andere Satansbraten zu beaufsichtigen! Kris wollte gar nicht dran denken.

„Lest das Zeug und macht euch Gedanken. Wir sehen uns morgen.“

„Kommst du nicht mit zu mir?“, fragte Jon verdattert.

„Nee, Boys. Ich muss meiner Mom helfen. Die Kinderfetenreste wegräumen.“

Der Bus hielt. Val sprang auf, winkte und hüpfte hinaus. Kris und Jon blieben perplex sitzen.

Zwei Haltestellen weiter stiegen auch sie aus dem Bus.

„Irgendwie hat Ellen gemauert“, dachte Kris laut nach, während sein Kumpel auf seinem Handy rumklickte. „Warum konnte sie nicht zugeben, dass es ihr selbst schlecht ging?“

Jon hob die Schultern. „Ich glaube, Ellen sagt die Wahrheit. Sie wollte ein paar Tage ausspannen. Dabei ist ihr aufgefallen, dass Aki nicht okay ist. Na und? Wahrscheinlich wollte sie sich die freien Tage nicht verderben!“

Kris stöhnte leise. Vielleicht hatte Ellen recht, und Aki sah die Wirklichkeit verzerrt? *Psychosen sind psychische Erkrankungen, die mit dem zeitweiligen Verlust des Realitätssinnes einhergehen.*

Wollte Aki von ihrem eigenen üblen Zustand ablenken, übertrug kurzerhand ihre Probleme auf ihre Freundin und behauptete deshalb, Ellen hätte ein Burn-out-Syndrom?

„Mir knackt der Magen", sagte Jon. „Sollen wir uns was beim Chinesen holen?"

Sie bestellten im Hang-Fok-Imbiss um die Ecke Ente mit Ananas auf gebratenen Nudeln. Sorgenvoll betrachtete Kris den Inhalt seines Geldbeutels. Noch zwei Mahlzeiten beim Chinesen würde er sich leisten können. Danach war Ebbe. Sie setzten sich auf die Stufen vor dem Eingang des Telekomladens und löffelten schweigend ihr Essen.

„Hör mal. Das mit Val", fing Jon an.

„Nee, ist klar."

„Ich meine …"

„Ist absolut in Ordnung für mich, wirklich", wiegelte Kris ab. Es war überhaupt nicht in Ordnung. Aber noch mehr Stress konnte er im Moment nicht brauchen.

„Na dann!" Erleichtert knüllte Jon die leere Pappschachtel zusammen. „Hast du Lust, bei Frances vorbeizuschauen? Ich brauche ein paar frische Songs."

„Klar." Kris war im Augenblick so ziemlich alles egal. Vals Ausdrucke steckten im Bund seiner Jeans, aber er konnte sie jetzt nicht lesen. Sein Kopf war voller Ängste, Fragen, Zweifel. Ein einziges Durcheinander von Vibrationen, die seinen Schädel zum Bersten bringen wollten. Deswegen folgte er Jon ins Café Frances, wo man außer Kaffee, Bagels und Berliner Weiße auch iTunes-Karten, Prepaid-Karten fürs Handy und allerhand andere Kleinigkeiten kaufen konnte.

Frances war Nigerianer. Er kannte Jon. Die beiden teilten denselben Musikgeschmack. Rock- und Punkbands. Am liebsten die Beatsteaks.

„Weil die aus Berlin sind", erklärte Frances und grinste. „Die Jungs haben eine neue CD gemacht: *Boombox*. Kennste?", fragte er Kris, während er von Jon 15 Euro für iTunes abkassierte. „Brauchst du auch was?"

„Ich bin klamm", murmelte Kris.

Sie gingen langsam zurück in die Petersburger Straße.

„Ich muss meinen Vater anrufen", sagte Jon, während er die Haustür aufschloss. „Der hat mir gefühlte hundert SMS geschickt."

Die Luft in der Wohnung roch abgestanden. Kris ging ins Band und hielt den Kopf unter den Hahn. Das kalte Wasser betäubte das dumpfe Dröhnen in seinem Hirn. Er bekam mit, wie Jon mit seinem Vater sprach. „Kris pennt für ein paar Tage hier", hörte er ihn sagen. „Nee, geht klar. Alles im grünen Bereich."

Kris rubbelte sein Haar halb trocken und betrat Jons Zimmer. Es war ziemlich klein. Aber weil die Räume fast vier Meter hoch waren, hatte sein Vater ihm ein Hochbett gebaut. Darunter sammelte Jon alles, was ihn interessierte; hauptsächlich alte Zeitungen. Ausgaben vom *Tagesspiegel*, von der *Welt* und der *Zeit*, feinsäuberlich nach Datum sortiert. Etliche Nummern des Berliner Straßenmagazins *Motz* lagerten Kante auf Kante in einer Pappschachtel. Außerdem waren da Magazine auf Englisch und Deutsch. *Time* und *Spiegel*. Nicht zu übersehen, dass Jon unbedingt mal Journalist werden wollte. Kris wäre nie auf die Idee gekommen, sich so viele Zeitungen zu kaufen. Eine alte Spiegelreflexkamera saß wie ein Monsterinsekt auf einem Stapel unberührter Notizblöcke. Kris fragte sich, ob Jon die Blöcke sammelte, um irgendwann damit als Reporter in die Welt hinauszuziehen und alle Storys einzufangen, die dort herumgeisterten.

„Ich brauche noch ein paar mehr Regale“, sagte Jon entschuldigend und wies auf zwei turmhohe Stapel *Geo Wissen* in der Ecke.

„Wo ist eigentlich dein Vater?“

„Er ist einer großen Sache auf der Spur. Schreibt eine Reportage und muss vielleicht sogar nach Russland fliegen, um Informanten zu treffen.“

„Russland?“

„Toller Job, oder? Würde mir total raushängen.“ Begeistert kickte Jon seine Nikes weg. „Als Journalist hast du mit voll spannenden Leuten zu tun. Kannst Themen aufwerfen und die Leser mit der Nase auf linke Dinger stoßen. Wenn du Artikel schreibst, kannst du wenigstens was machen gegen das Unrecht in der Welt.“

Kris las nie Zeitung. Auch nicht im Internet. Er informierte sich aus dem Fernsehen, und das auch nur, wenn er zufällig an eine Nachrichtensendung geriet. Am liebsten guckte er Sport. Eigentlich konnte er sich nicht vorstellen, dass gruselige Typen, die linke Dinger drehten, sich von Zeitungsartikeln beeindrucken ließen.

Jon ging ins Arbeitszimmer seines Vaters und startete den Rechner. Während er ausbaldowerte, welche Musik er runterladen wollte, versuchte Kris, sich auf Vals Ausdrucke zu konzentrieren. Er sortierte alle Papiere auf drei Stapel: Einer handelte von Glinka InterLabs. Manche waren auf Englisch. Kris stöhnte. Das auch noch. Eine zweite Garnitur Texte befasste sich mit einem Pharmakonzern namens Volan-Chem. Damit konnte Kris noch weniger anfangen.

Mit einem unterdrückten Stöhnen legte Kris die Papiere weg. Schließlich widmete er sich der dritten Kategorie: Das waren Aufsätze, die Kris weder mit Glinka InterLabs noch mit Volan-Chem in Verbindung bringen konnte. Es ging um HIV-infizierte Blutkonserven, Lernschwäche, Impfungen und Autismus. Langsam überkam ihn das große Gähnen. Bestimmt war es kein Zufall, dass Jon bei Val zum Zug kam und nicht er, Kris. Die beiden waren richtige Leseratten, verloren sich in dem trockenen Zeug aus den Zeitungen und passten von daher viel besser zusammen. Kris gab es einen leichten Stich im Herzen, als er zugeben musste, dass Val für ihn verloren war. Na ja, vielleicht nicht verloren, aber eine Nummer zu groß. Val abzuschleppen war jedenfalls in weite Ferne gerückt. Aber vielleicht war das auch nicht so schlimm. Er hatte andere Probleme.

Kris konnte nicht einschlafen. Jon pofte längst auf seinem Hochbett. Sein Schnarchen drang über den Flur zu Kris hinüber. Wegen der drückenden Hitze standen Fenster und Türen offen. Ab und zu strich ein kaum wahrnehmbarer Lufthauch durch die Wohnung.

Schließlich rappelte Kris sich auf und tappte ans Fenster. Im Sommer bekam man alles mit, was in den anderen Wohnungen passierte. Ehepaare zankten, Omas schrien ihre Enkel an und die plärrten zurück. Das Hinterhaus war hell erleuchtet. Wahrscheinlich kann dort auch keiner schlafen, dachte Kris, und zum ersten Mal fühlte er sich getröstet von den vielen Menschen, die um ihn herum atmeten. Wenigstens bekam er mit, dass das Leben auf der Welt weiterging, wenngleich in seiner eigenen alles aus den Fugen geraten war.

Er wusste, dass es keinen Sinn hatte, vielleicht sogar gefährlich war, weil er Akis Entführer auf seine Spur brachte. Dennoch schnappte er sich das Telefon und wählte Akis Nummer.

„Hi! Dies ist Akis AB. Hinterlasst mir eine Nachricht."

„Aki, bitte melde dich! Du weißt, wo!" Kris ließ das Telefon sinken. Er war unendlich k.o. Gähnend setzte er sich an den Rechner von Jons Vater. Total beknackt, zu müde zum Einschlafen zu sein! Kris berührte die Maus. Sofort sprang der Bildschirm an. Jon hatte den Computer gar nicht ausgeschaltet. Neugierig durchstöberte Kris die Musikdateien seines Kumpels. Bei den Beatsteaks blieb er hängen. Er stülpte das Headset über und spielte ein paar Songs ab. Die Beatsteaks waren fünf Berliner, die sich in den Neunzigern zu einer Band zusammengetan hatten. Wahrscheinlich hatten sie nicht damit gerechnet, jemals so erfolgreich zu werden. Jon war zum entschiedenen Fan der Beatsteaks geworden und hörte in jeder freien Minute ihre Songs.

Kris checkte die Tunes durch, die Jon sich heute Abend aus dem Internet gesaugt hatte. Einen Song mochte er besonders: *Milk & Honey*. Das klang soft, aber eigentlich handelte der Text von Typen, die nicht klein beigaben und keinen mit Samthandschuhen anfassten. Sich selbst am allerwenigsten.

Here's the song for those who never ever sit back and recover, here is the one for those who never shiver, the cool cats I adore.

Kris sang leise mit.

Er hatte nicht vor, klein beizugeben. Seine Schwester brauchte ihn, und er konnte nur was für sie tun, wenn er durchhielt, logisch dachte und herausfand, was da zwischen ihr und Ellen auf dem Boot vorgefallen war. Und vor allem, wenn er endlich erfuhr, wer Aki entführt hatte, zu welchem Zweck und wo er Aki verdammt noch mal versteckte. Er nahm sich vor, gleich morgen die Polizei anzurufen, um nachzufragen, ob sich was getan hatte. Die Meixner hatte Jons Festnetznummer notiert, um Kontakt herzustellen. Aber den ganzen Tag war kein Mensch in der Wohnung gewesen!

Mutlos warf Kris einen Blick auf die drei Papierstapel, die er aus Vals Ausdrucken geformt hatte. Er konnte sich einfach nicht aufraffen, das Zeug zu lesen. Was Ellens Arbeitgeber tat, war ihm schnurz, und all das andere Zeug kam ihm auch nicht besonders prickelnd vor. Stattdessen ging er ins Internet und gab „Psychose“ als Suchbegriff ein. 1.980.000 Treffer. Auf gut Glück klickte er ein paar an. Ziemlich schnell stellte er fest, dass die Begriffe, mit denen die Krankheit beschrieben wurde, nicht viel taugten: *Bei Psychoseerkrankungen handelt es sich überwiegend um Erkrankungen aus dem schizophrenen Formenkreis*. Na toll, dachte Kris. Frag deinen Arzt, was mit dir los ist, und du kapierst nichts.

Ihn interessierten vor allem die Symptome der Krankheit. Dabei stieß er immer wieder auf dieselben Beschreibungen:

Die Patienten fühlen sich verändert, manchmal verfolgt. Einige haben das Gefühl, dass ständig jemand etwas von ihnen will oder hinter ihnen her ist. Manche haben Berufungserlebnisse, wollen Großes leisten, fühlen sich einem anderen sehr verbunden, sodass sie bisweilen meinen, jemand anderes zu sein. Zu den typischen Symptomen gehört es, Geräusche und Stimmen zu hören, die eigentlich nicht sein können. Die Patienten sehen Bilder, die wie Träume wirken. Andere leiden an einer Art Erstarrung, können sich kaum bewegen, sind niedergedrückter Stimmung, unzufrieden oder gereizt.

Super, dachte Kris. Durchgeknallte Sachen in Reinkultur. Er klickte auf andere Seiten. Starke Stimmungsschwankungen wurden als weitere Symptome genannt, sprunghafte Gedanken, Realitätsverlust. Psychotiker bildeten sich ein, andere Menschen könnten hören, was sie denken, und ängstigten sich deshalb fast zu Tode. Manche fingen an, mit sich selbst zu reden oder lachten plötzlich los, ohne dass die Umstehenden irgendeinen normalen Anlass dafür sahen. Na gut. Das tat Kris manchmal auch. Er lehnte sich zurück. War das der Anfang? Wenn wirklich jeder eine Psychose kriegen konnte – warum nicht er, Kris Roloff?

Er las, dass zu den typischen frühen Veränderungen im Leben eines Psychotikers ein Einbruch der Leistungsfähigkeit gehörte. Kris wurde heiß. Das konnte auf Aki zutreffen. Gut, es *musste* nicht zutreffen, aber es war immerhin möglich! So wie Aki die Tage nach seiner Rückkehr aus dem Landschulheim gewesen war, sah ihr Teufel auch überhaupt nicht ähnlich. Genauso wenig wie ihre Dünnhäutigkeit. Aki war ständig gereizt und gleichzeitig müde gewesen.

Blinzelnd las Kris weiter und kam an eine Stelle, die ihn unter Hochspannung setzte:

Neben den klassischen Psychoseerkrankungen, die länger dauern und nicht immer komplett heilbar sind, gibt es die sogenannte akute psychotische Störung, die auf ein belastendes Ereignis zurückgeht. Die Krankheit bricht abrupt aus und trifft Patienten und Angehörige völlig unvorbereitet. Das Krankheitsbild weist Symptome einer Schizophrenie, Angststörung, Manie oder Depression auf.

Alles klar, dachte Kris. Wer den Stempel Psychose einmal auf die Stirn bekommen hat, leidet sozusagen an allem!

Innerhalb von einer bis zwei Wochen, manchmal sogar binnen Tagen oder Stunden, wird ein bislang völlig unauffälliger Mensch psychotisch. Familie und Freunde sind davon so schockiert, dass sie versuchen, den Zustand des Betroffenen herunterzuspielen, anstatt medizinische Hilfe zu suchen. Die Patienten leiden an Stimmungsschwankungen, pendeln zwischen Glücksgefühl einerseits und innerer Unruhe, Aufgewühltheit, sogar Angst und Panik andererseits. Ihr eigener Zustand verwirrt sie. Das wunderte Kris nun überhaupt nicht.

Er las weiter: *Akute psychotische Schübe gehen mit einer hohen Suizidgefahr einher. Doch es besteht eine günstige Prognose. Der Krankheitsverlauf ebbt oft genauso schnell ab, wie er begonnen hat. Manche akuten psychotischen Störungen halten gar nur wenige Stunden oder Tage an. Medizinischer Rat ist notwendig.*

Kris setzte die Kopfhörer wieder auf und spielte *Milk & Honey* ab. Er brauchte dringend etwas Normales. Das hier war so vollkommen abgefahren! Er weigerte sich zu glauben, dass in seiner Familie solche abgespaceten Sachen passierten. Aki war eine *cool cat*. Sie kam mit allem zurecht. Sie hatte den Tod ihrer Eltern verkraftet, den ganzen Papierkram erledigt und dafür gekämpft, dass Kris aus den Fängen der Pflegefamilien freikam und mit ihr auf der *Susanna* leben durfte. Wenn er endlich 18 wäre, könnte er frei bestimmen, wo und wie er lebte! Aki und er müssten keine Rücksicht mehr auf das Jugendamt nehmen und keine unangemeldeten Kontrollen von Sachbearbeitern fürchten.

Dafür allerdings müsste Aki erst mal wieder auftauchen.

Here's the song for those who never ever sit back and recover, here is the one for those who never shiver, the cool cats I adore.

Kris biss die Zähne zusammen. Er musste das hier durchstehen. Er hatte seine Eltern verloren. Er durfte nicht auch noch Aki verlieren. Sie beide waren der Rest der Familie Roloff, und sie würden sich nicht unterkriegen lassen, weder von komischen Typen, die das Hausboot stürmten, noch von Psychosen.

Eben, das war der Punkt. Ellen, die Aki besucht hatte und was von der Materie verstand, hatte Kris zu verstehen gegeben, dass Aki gefährdet war. Er dachte an das Buch, das seine Schwester gelesen hatte: „Krisen überwinden“.

Kris ließ die Musik an und googelte „Psychose Anfälligkeit“. 63.100 Ergebnisse.

Akute psychotische Störungen treten häufig nach besonderen Belastungen auf: Trauerfälle, der Verlust des Partners oder des Arbeitsplatzes, seelische Traumata, Krieg, Terrorismus, Geiselnahme, Folter. Manche Patienten können aber auch ein plötzlich eingetretenes positives Ereignis nicht verkraften. Alles, was unerwartet, akut und überraschend eintritt und für den Betroffenen eine große Veränderung bedeutet, kann eine akute psychotische Störung auslösen.

Der tödliche Unfall unserer Eltern, dachte Kris. Aki hat nie geklagt. Dabei hängt seitdem alles an ihr. Sie ist die Ältere und muss durchhalten, damit ich klarkomme.

Lang anhaltende und mittelfristige Belastungen lösen keine akuten psychotischen Störungen aus. Es muss sich ein zeitlicher Zusammenhang zwischen Ursache und Leidensbeginn finden lassen.

Okay, dachte Kris und fühlte sich seltsam beruhigt. Der Unfall damals konnte nicht der Auslöser sein. Aber was sonst?

Es gibt auch psychotische Störungen, bei denen Belastungsfaktoren, zumindest äußerlich, keine Rolle spielen. Belastung ist immer ein individueller Begriff. Was den einen kaum berührt, bringt für den anderen eine Welt zum Einsturz.

Und Aki, meine coole Schwester, dachte Kris, gehört zu den Leuten, die sich einfach nicht unterkriegen lassen und über Misserfolge oder Katastrophen auch noch lachen. Kris ging in die Küche und goss sich ein Glas Wasser ein. Es war weit nach Mitternacht. Auf der Petersburger Straße unter ihm war es stiller geworden. Ein Liebespaar knutschte am Eingang von „Musicland“. Kurz dachte Kris an Val, aber diese Geschichte stand auf einem anderen Blatt. Gierig trank er sein Wasser aus und beobachtete einen Typen mit Sonnenbrille, der sich an eine Frau heranmachte, während sie in ihr Handy zwitscherte. Idiotischer Angeber, dachte Kris und ging zurück ins Arbeitszimmer.

Doch als er weiterlas, schmolz das bisschen Zuversicht, das er gefasst hatte, in sich zusammen.

Menschen mit gewissen Vorerkrankungen haben ein latent höheres Risiko, an psychotischen Störungen zu erkranken: dazu gehören Patienen mit einer hohen Belastbarkeit, die z.B. durch Verluste in der Kindheit entstanden sind, Patienten, die an einer Gehirnerkrankung litten, und Menschen, die in ihrer Jugend, meist vor dem 15. Lebensjahr, Drogen genommen haben.

Fuck, dachte Kris.

Da war es wieder, das Verlustmotiv. Das Trauma in seinem und Akis Leben. Auch wenn zumindest Kris versuchte, so wenig wie möglich daran zu denken. Außerdem hatte Aki ein paarmal Cannabis geraucht, als sie 14 war. Und als Kind hatte sie eine Hirnhautentzündung durchgemacht und war knapp dem Tod von der Schippe gesprungen.

Here's the song for those who never ever sit back and recover, here is the one for those who never shiver, the cool cats I adore.

Kris stellte den Song auf „repeat“. Dann schnappte er sich seinen Rucksack und wühlte darin herum.

Er nahm die Pillen in die Hand. Ein paar Gramm Chemie.

Ein bisschen Entspannung.

Etwas, das den Knoten in seinem Hals löste. Etwas, das ihn atmen ließ.

Möglicherweise.

Er drehte die Musik lauter. Der Rhythmus wirbelte in seinem Kopf. Er wippte auf dem Stuhl mit. *Cool cats, cool cats*. Seine Hand näherte sich seinem Mund, wie von selbst. Er sah die Tabletten auf seiner schwitzenden Handfläche, drei mikroskopische weiße Pünktchen. Die Bässe schlugen dumpf in seinem Hirn. Er hatte das Gefühl, wenn er einfach diese drei Winzlinge runterschluckte, würde sein Leben neu beginnen.

Seine Hand ballte sich zur Faust. Ärgerlich stopfte er die Pillen in seine Jeanstasche.

Kris hatte keine Ahnung, wie lange er am PC von Jons Vater gesessen und die Beatsteaks-Songs rauf und runter gehört hatte.

Irgendwann schloss er sämtliche Programme, schleppte sich aufs Sofa und schlief sofort ein.

MITTWOCH

Kris wachte schweißgebadet auf. Er zog sich das Kissen über das Gesicht. Die Sonne brannte unbarmherzig ins Zimmer.

„Wir haben heute eine wichtige Sitzung in der Redaktion", hörte er die Stimme von Ralph Lasky, Jons Vater, sagen. „Hatte ich total vergessen. Ich habe die Morgenmaschine genommen."

Die Stimme kam näher. Ein Schatten fiel auf Kris' Gesicht.

„Hallo, Kris", sagte Herr Lasky.

„Morgen."

„Wir haben inzwischen", Jons Vater sah gespielt empört auf seine Uhr, „10:56."

„Okay." Kris brauchte eine Weile, um sich zu beruhigen. Für einen kurzen Augenblick hatte er tatsächlich gedacht, er würde Stimmen hören. Stimmen, die eigentlich nicht da sein konnten.

„Ich muss in einer Stunde weg", sagte Herr Lasky. „Setz Kaffee auf, Jon, ich stelle mich kurz unter die Dusche."

Kris richtete sich auf und sah zu, wie Jons Vater auf dem Weg über den Flur aus T-Shirt und Jeans schlüpfte. In Boxershorts und Socken ging er ins Bad.

Er hatte Ralph Lasky schon immer gemocht. Jons Eltern hatten sich vor Jahren getrennt. Während seine Schwester entschieden hatte, mit der Mutter zu leben, blieb Jon bei seinem Vater. Die beiden kamen gut miteinander aus. Er hörte, wie Jon in der Küche hantierte, und tappte zu ihm hinüber.

„Kannst du mal los und irgendwo ein paar Bagels holen?", fragte Jon atemlos. Das lange Haar fiel ihm wirr auf die Schultern. Er war völlig durch den Wind. Dass sein Vater heute zu Hause auftauchen würde, damit hatte er nicht gerechnet. Kris ahnte, was Jons Pläne gewesen waren: Er wollte bei Val zum Zug kommen. Und zwar schnell. Aber zwei Leute hatten ihm einen dicken Strich durch die Rechnung gemacht: Kris und Herr Lasky.

Kris rannte hinunter auf die Straße. Es war allerhand los. Ein grottenschlechter Flötenspieler versuchte sich an Mozarts kleiner Nachtmusik. Die Wäscherei paffte Wolken von feuchtem, nach Waschmittel riechendem Dampf aus ihren Entlüftungsrohren. In der Bäckerei stand ein Typ mit Strohhut, der Stunden brauchte, um zu entscheiden, ob er Schrippen oder lieber ein Bauernbrot wollte. Kris trat von einem Fuß auf den anderen. Er hatte Hunger. Als er endlich drankam, verlangte er sechs belegte Bagels und stellte fest, dass sein Geld so gut wie aufgebraucht war. Schnell zahlte er und ging. Unterwegs verschlang er den ersten Bagel.

„Was?", hörte er Herrn Lasky fragen, kaum dass er den Kopf zur Wohnungstür reinstreckte.

„Seine Schwester ist entführt worden. Kris hat den Überfall mitgekriegt. Aber die Polizei glaubt uns nicht."

„Hier sind die Bagels." Kris legte die Tüte auf den Küchentisch.

Jons Vater beachtete ihn nicht. Er stand mit nassen Haaren, frischen Chinos, ohne Hemd und barfuß in der Küche und drückte sein Handy ans Ohr.

„Lasky vom Tagesspiegel“, sagte er. „Ich will sofort mit Kommissarin Meixner sprechen.“

Was folgte, war ein Mix aus unterschwelligen Drohungen und höflichen Floskeln, die Kris mit „Wenn Sie nicht sofort den Arsch hochkriegen und mich zweimal am Tag über Ihre Ermittlungsfortschritte informieren, gerbe ich Ihnen das Fell und ganz Berlin wird davon erfahren“ übersetzte.

Das Gespräch dauerte keine drei Minuten.

„So“, sagte Herr Lasky. „Jetzt erzähl du, was los war.“

Kris schluckte. Er spürte, wie es ihn erleichterte, alles noch einmal zu erzählen. Und zwar jemandem, der zuhörte. Herr Lasky sagte kein Wort. Er sah Kris nicht mal an. Goss sich Kaffee ein, kaute seinen Bagel. Als Kris damit endete, wie er bei Bauer Traugott in Gosen telefoniert hatte und anschließend zu Jon gekommen war, fragte Herr Lasky:

„Hast du eine Ahnung, warum die Polizei dir nicht glaubt, Kris?“

„Tun die eigentlich was?“, mischte sich Jon ein.

„Nicht besonders viel, fürchte ich. Die Vermisstenanzeige bedeutet, dass ihnen gemeldet wird, wenn die Polizei irgendwo eine gewisse Aki Roloff aufgreift oder Leute sie irgendwo sehen. Mehr nicht.“

„Sie ist nicht einfach verschwunden“, wehrte sich Kris. „Sie wurde entführt.“

„Das hast du aber nur aus der Ferne gesehen“, berichtigte Jons Vater. „Du bist getürmt, Aki war noch auf dem Boot. Hätte es nicht sein können, dass Aki gar nichts passiert ist? Dass die Männer irgendwas anderes weggeschleppt haben?“

„Aber Aki ist weg!“ Sie hätte mich angerufen, dachte Kris. Mein Handy ist futsch, aber sie hätte es bei Jon oder Val probiert. Sie würde mich nie im Unklaren lassen. „Wo soll sie denn hin? In den Wald spazieren und mit den Wölfen heulen? Wozu, verdammt!“ Kris spürte eine solche Wut in sich, dass er am liebsten mit den Fäusten auf den Tisch getrommelt hätte. „Kapiert das eigentlich keiner? Ich weiß, wie meine Schwester tickt, verdammt noch mal!“

Ich wusste, wie meine Schwester tickt, bis ich aus dem Landschulheim zurückkam.

„Der Punkt ist“, sagte Herr Lasky ruhig, „dass die Polizei sich ein anderes Bild macht. Drei Jugendliche schneien bei ihnen rein und tischen eine schrille Geschichte auf. Ältere Schwester verschwunden. Keine Anzeichen für eine Entführung. Die Tür kann auch vorher schon jemand eingetreten haben, aus Versehen oder weil der Schlüssel verloren war.“

„Und die Spuren am Kai?“

„Die helfen nicht viel. Das kann ein Liebespaar gewesen sein. Oder einer hat sich verfahren. Kommt alles vor. Der begründete Anfangsverdacht fehlt. So nennen sie das.“

„Akis und Kris’ Laptops sind weg“, wandte Jon ein. „Und die Fingerabdrücke …“

„Vielleicht hat Kris das auch erfunden.“ Jons Vater stellte die leere Tasse in die Spüle. „Und die Laptops selbst verschwinden lassen. Außerdem bekommt jeder Mensch mal Besuch, der irgendwas anfasst. Alles nicht aussagekräftig genug.“

„Ich habe nichts erfunden!", wehrte sich Kris empört. Das war wirklich das Allerletzte, ihm eine Fantasiegeschichte zu unterstellen. Hätte er von Jons Vater nicht gedacht.

„Ich glaube dir ja." Der Journalist legte Kris beruhigend die Hand auf die Schulter. „Die Polizei denkt allerdings anders. Sie haben einfach keine Anhaltspunkte."

„Die Bullen könnten sogar unterstellen, dass Kris seine Schwester umgebracht hat und die Tat jetzt vertuscht, indem er die Story von der Entführung auftischt", meldete sich Jon zu Wort.

„Bist du jetzt total durchgeknallt?", ging Kris auf ihn los.

Jon hob beide Hände. „Peace! Ich wollte nur sagen, was die Meixner sich vielleicht zusammenreimt."

„Bei der Polizei laufen haufenweise kranke Typen auf", bestätigte sein Vater. „Leute, die sich einbilden, von Außerirdischen gekidnappt worden zu sein. Die können ihre Entführer sogar genau beschreiben und Einzelheiten von dem Versteck schildern, wo sie angeblich festgehalten wurden. Aber kein Wort davon ist wahr."

Psychosen sind psychische Erkrankungen, die mit dem zeitweiligen Verlust des Realitätssinnes einhergehen.

Kris rieb sich die Stirn. „Ich habe mir das alles aber nicht eingebildet." Es fiel ihm schwer zu sprechen. In seinem Hals fühlte sich alles ganz eng an.

„Weiß eigentlich Akis Arbeitgeber, dass du sie vermisst gemeldet hast?"

„Mist, nein. Daran habe ich gar nicht gedacht." Kris' Stimmung wurde immer finsterer.

„Ich erledige das. Kopf hoch, Junge. Ich habe dieser Kommissarin ordentlich Dampf gemacht. Sie wird zweimal am Tag bei mir durchklingeln, damit wir wissen, was es Neues gibt. Ich rufe dich an, Kris."

„Ich habe kein Handy mehr."

Ohne ein Wort zu sagen, ging Jons Vater in sein Arbeitszimmer und wühlte im Regal herum. Nach ein paar Minuten förderte er ein altertümliches Handy zutage und drückte es Kris in die Hand. „Nicht der letzte Schrei. Funktioniert aber noch." Er brauchte noch einmal zehn Minuten, um Telefonnummer und PIN zu finden. „So. Jetzt muss ich aber wirklich los."

„Danke", murmelte Kris.

„Du musst ein paar Euro aufladen. Wahrscheinlich ist kaum noch Guthaben drauf."

„Ähm … ich bin so gut wie pleite." Seine Stimme wurde immer leiser. Irgendwie brüchig. Wie gelähmt.

Andere Patienten leiden an einer Art Erstarrung und können sich kaum bewegen.

Quatsch, er war doch nicht krank! Jetzt nur nicht durchdrehen!

Herr Lasky griff nach seiner Brieftasche und nahm 100 Euro heraus. „Hier. Fürs Erste. Ich melde mich. Seht zu, dass ihr erreichbar seid."

Schweigend stand Kris da, mit dem Handy in der einen, dem Geldschein in der anderen Hand. Unfähig, sich zu bedanken, sah er zu, wie Jons Vater sich in aller Eile fertig anzog, nach einer Schultertasche griff und aus der Wohnung stürmte.

Vollkommen kraftlos ließ Kris sich auf das Sofa fallen.

„Sag mal", fing Jon an. „Haben wir den Bullen eigentlich von Ellen erzählt?"

Kris versuchte sich zu konzentrieren. Sein Magen knurrte. „Nein."

„Warum nicht? Wollte Val das nicht?"

Am liebsten hätte Kris laut geschrien. „Ellen hätte nur ihre Version der Geschichte erzählt und Schluss", brachte er heraus. „Kapiert das denn keiner?" Er raufte sich das Haar. Sein Herz schlug bis zum Hals. Irgendwas wollte ihm die Luft abdrücken. Es fiel ihm plötzlich schwer zu schlucken. Er stand auf und presste sein heißes Gesicht an den Fensterrahmen.

Einbruch der Leistungsfähigkeit … innere Aufgewühltheit … Angst … Panik … das Gefühl, jemand anderes zu sein …

Er wünschte, er wäre jemand anderes. Jemand, den das alles nichts anging. Er wünschte sich eine Tablette, die ihn zu einem anderen machte, das Herzrasen und den Würgreiz wegmachte. Er würde jetzt aufs Klo gehen und eine von den weißen Pillen schlucken.

Ein Getränkewagen fuhr in den Hinterhof. Die Seitenwand wurde mit einem lauten Knall aufgeklappt. Kris hörte das Klappern der Bierkästen. Eine Flasche schlug auf dem Boden auf und zerbrach. Kris zuckte zusammen. Jemand fluchte. Die Geräusche hallten zu ihnen in die Wohnung hoch wie riesige Soundblasen, die direkt vor ihren Fenstern zerplatzten.

„Sollen wir bei Frances vorbeischauen? Vielleicht ist Val dort", schlug Jon vor.

Kris atmete tief durch, versuchte, sich wieder zu beruhigen. Okay, beschloss er dann. Vorerst keine Pille.

Die Sonne brannte. Nach und nach gewöhnte sich Kris an den Rummel auf der Straße, an den Lärm, die vielen Leute. Typen, die Hunde ausführten, ein Vater mit einem nörgelnden Kleinkind, Mädchen in kurzen Röcken, die Eis schleckten und die Köpfe zusammensteckten.

Wenn Aki zurückkommt, dachte Kris plötzlich, wollen wir dann eigentlich noch auf der *Susanna* leben? Oder doch lieber direkt nach Berlin ziehen, nicht mehr so abgeschieden wohnen?

Was, wenn sie nicht zurückkommt?

Angenommen, Aki hatte eine Psychose und stand durch den Überfall so unter Schock, dass sie in den Wald abgehauen war? Obwohl es unwahrscheinlich war? Sogar total unwahrscheinlich? Aber hieß Realitätsverlust nicht genau das? Dass Psychotiker unlogische Dinge taten, die einem Gesunden nie einfallen würden? Kris musterte die Leute auf der Straße. Sie machten normale Dinge, kauften etwas, guckten in Schaufenster, hasteten über die Straße, suchten Parkplätze, stritten, lachten, unterhielten sich, bissen in einen Döner.

Worin bestand die Realität für diese Menschen? Hatte nicht jeder seine eigene? Die Mädchen mit den Eistüten zum Beispiel, die ätzend albern herumkicherten: Wie sahen sie die Welt? Vermutlich anders als das Kleinkind oder der Flötist, der immer noch lausig spielte. Wie konnten die Ärzte auf den Webseiten von Realitätsverlust sprechen? Wie konnten sie beurteilen, ob jemand die Realität falsch wahrnahm – wenn doch jeder seine eigene hatte? Und hatte er nicht gesehen, wie sie Aki wegschleppten? Oder war dieser Eindruck lediglich für einen kurzen Augenblick seine Wirklichkeit gewesen?

Bei Frances lud Kris als Erstes Herrn Laskys Handy auf. Es war ihm peinlich, es vor Jon aus der Tasche zu ziehen, die PIN einzugeben und mit dem Geld seines Vaters zu bezahlen. Half aber alles nichts. Während Frances kassierte, tippte Kris Akis Handynummer. „Hi! Dies ist Akis AB. Hinterlasst mir eine Nachricht."

„Val ist hinten im Garten. Hat sich einen Schattenplatz gesucht", grinste Frances.

Zu seinem Café gehörte ein Innenhof, den er aber nicht bewirtschaften durfte. Die Anwohner waren dagegen. Sie wollten keinen Kneipenlärm. Privat konnte Frances sich dort aber aufhalten, und er hatte Val, Jon und Kris schon vor Wochen den Garten als Treffpunkt angeboten.

Der Innenhof war übel zugerichtet. Schrott lag herum, alte Bierfässer lehnten schief in einer Ecke und unter dem Vordach stapelten sich ausrangierte Caféstühle. Val hatte es sich auf der Hollywoodschaukel bequem gemacht. Sie trug ausnahmsweise einen Rock. Auf ihrem Schoß thronte das Notebook. Kris wollte den Blick gar nicht mehr von ihrem weißen Top wenden, unter dem sich ihre Brüste überdeutlich abzeichneten. Er lief gegen einen Stapel Leergut und konnte gerade noch verhindern, dass der ganze Krempel umkippte.

„Hi, Boys“, sagte Val. „Update?“

Weder Kris noch Jon wollten durchblicken lassen, dass sie sich nur zu gern zu Val auf die Hollywoodschaukel setzen würden. Auf Polster, die im Laufe der Jahre zu einem scheußlichen Rosa verblichen waren. Schließlich entschieden sie sich jeder für einen Klappstuhl. Sie setzten sich vorsichtig. Nichts sah hier besonders stabil aus.

„Mein Vater ist heute Morgen plötzlich aufgekreuzt“, begann Jon. „Hat den Bullen mächtig eingeheizt.“

„Sie müssen sich jetzt zweimal täglich melden und durchgeben, ob sie was rausgefunden haben“, fügte Kris hinzu.

„Habt ihr meine Ausdrucke über Glinkas Labor gelesen?“, wollte Val wissen.

Kris und Jon sahen einander an. Keiner von ihnen wollte riskieren, von Val abgekanzelt zu werden.

„Habe ich mir fast gedacht.“ Ihr Ton wurde ungemütlich. „Also, hört zu, in Stichpunkten: Glinka InterLabs ist spezialisiert auf die Erforschung von Psychopharmaka. Sie entwickeln neue Medikamente gegen psychische Erkrankungen. Und zwar vor allem für Kinder und Jugendliche.“

„Knallen jetzt schon Kinder durch?“, fragte Jon ungläubig.

„Schon mal von ADHS gehört?“

Jetzt konnte Kris punkten. „Aufmerksamkeitsdefizit, Hyperaktivitätssyndrom“, rasselte er herunter. Es war eines von Herrn Barnfelders Lieblingsthemen während der Projektwochen gewesen.

„Gut, Kris“, lobte Val.

Kris wurde rot. Endlich lief mal was rund. „ADHS-Kinder sind reizbar, zappelig, können sich nicht länger als ein paar Minuten mit einer Sache beschäftigten. Sie nerven ihre Eltern bis aufs Blut.“

„Und die genervten Eltern verabreichen ihnen Pillen, damit die lieben Kleinen erträglich werden?“, fragte Jon verwundert.

„Was ich hier gelesen habe“, Val deutete auf ihren Laptop, „handelt von einem Medikament namens Ritalin. Es macht leistungsfähig, aber Kritiker führen an, dass man über langfristige Nebenwirkungen noch zu wenig weiß. Es gibt den Verdacht, dass das Mittel später anfällig für Psychosen macht.“

Shit, dachte Kris. Da ist es wieder. Das blöde, perverse, grässliche Wort. Psychose. Schnell spulte er ab, was er von Herrn Barnfelders Unterricht noch wusste:

„Eigentlich sollen ADHS-Kinder Verhaltenstherapien kriegen, aber die ziehen sie höchstens durch, wenn sie vorher ein Medikament bekommen haben, damit sie sich überhaupt auf die Therapie konzentrieren können.“ Erstaunlich, wie viel er von den Ausführungen seines Lehrers behalten hatte. „Außerdem leiden die Kinder an ihrem inneren Chaos. Der Alltag ist für sie ein Auf und Ab, ein totaler Kampf. Sie stehen immer im Mittelpunkt, mal Klassenclown, mal Kotzbrocken.“

„Klingt anstrengend“, warf Jon ein.

„Eben. Deshalb“, Val lächelte ihn an und Kris fühlte sich, als hätte er einen Tritt in den Magen bekommen, „versucht man, ihnen mit Medikamenten zu helfen. Aber Kinder reagieren auf das Chemiezeug anders als Erwachsene. Ritalin ist eigentlich ein Amphetamin, ein richtiger Aufputscher. Im Zweiten Weltkrieg haben die Flieger Amphetamine bekommen, damit sie weniger Angst haben. Die Piloten wurden zu vollen Draufgängern. Fühlten sich allmächtig. Aber bei Kindern wirkt Ritalin umgekehrt: beruhigend, klärend. Deshalb muss es Forschungen geben, die genau das zum Thema machen: Wie wirken Psychopharmaka auf Kinder?“

„Und das tut Glinka InterLabs?“, fragte Kris.

Val hob den Daumen senkrecht in die Luft. Puh, dachte er, Kurve gekriegt. Die weißen Tabletten fielen ihm ein. Mit einem Mal war er neugierig: Wie war das, full speed zu fahren, ohne einen Gedanken an unangenehme Dinge zu verschwenden?

„Natürlich sind solche Forschungen geheim. Weil jeder der Erste sein will, der ein neues Medikament entwickelt, testet und schließlich verkauft.“

„Wo ist das Problem?“, erkundigte sich Jon.

Frances kam zu ihnen und stellte ihnen drei Flaschen Smoothies hin. „Geht aufs Haus.“

„Danke!“, sagte Kris.

Frances nickte und verschwand im Halbdunkel seines Cafés.

„Während der Projektwochen ging es um die großen Krankheiten des 21. Jahrhunderts“, erklärte Kris. „Wir kriegen keine Pocken mehr, kein Gelbfieber und keinen Typhus. Geschweige denn die Pest. Die neuen Gefahren für unsere Gesundheit sind Krebs und psychische Störungen.“

„Du klingst wie Barnfelder“, unkte Jon.

Kris schraubte seinen Smoothie auf. Pfirsich, na ja. Nicht unbedingt seine Lieblingssorte, aber wenigstens kalt. „Ich habe mir den

Stoff ja auch zwei Wochen lang reingezogen. Hab mich richtig krank gefühlt am Ende! Jedenfalls besteht das größte Problem nicht mehr darin, dass sich Millionen mit irgendeinem ekligen Virus anstecken und sterben wie die Fliegen", fuhr er fort, „sondern es gibt ein volkswirtschaftliches Desaster. Die Leute, die reihenweise nicht mehr zur Arbeit können, weil sie ausgebrannt oder weggetreten sind, kosten den Staat eine ganze Stange Geld. Es wird irgendwann immer weniger Arbeitnehmer geben, die sich jeden Morgen zu ihrem Job schleppen, und immer mehr, die das einfach nicht mehr schaffen. Dadurch wird weniger Einkommen erwirtschaftet und das führt dazu, dass die Geldreserven nicht mehr ausreichen, um den Kranken den Lohn weiterzuzahlen und ihre Behandlung zu finanzieren."

„Verstehe", murrte Jon. „Ich fühle mich auch jeden Morgen beschissen, wenn ich zur Schule soll. Ist also eine Krankheit. Ich gehöre behandelt."

„Deshalb wäre es doch wunderschön, wenn Labore Arzneimittel zusammenbrauen, die dafür sorgen, dass die Leute gern zur Arbeit gehen", spann Val den Gedanken weiter. „Da ist jemand, der was erledigen soll, wozu er ein bisschen Mumm braucht. Es ist nicht klar, ob er es gebacken kriegt. Hat er Angst, vermurkst er den Auftrag vielleicht. Kann auch sein, dass er in letzter Sekunde kneift. Ist er aber auf Erfolg getriggert, zieht er sein Zeug durch und fertig ist der Lack."

Kris und Jon sahen Val bewundernd an.

„ADHS zum Beispiel ist nicht heilbar", fuhr Val fort. „Du nimmst einfach deine Pillen. Tag um Tag, Jahr um Jahr."

„Arbeiten die bei Glinkas Labor an so was?", fragte Kris schließlich.

„Das weiß keiner. Aber es gab vor zwei Jahren eine dumme Geschichte. Volan-Chem, das ist ein riesiger Pharmakonzern, hat ein Mittel rausgebracht, das bei Burn-out helfen soll. Wer sich abgespannt fühlt, im Job keine Energie mehr hat, wäre mit einer kleinen Tablette am Morgen seine Probleme los."

„Genial!" Jon tauschte sein Smoothie unauffällig mit Vals.

„Von wegen. Nachdem das Medikament erst an Zellkulturen und später an Affen getestet wurde, haben sie es an Menschen ausprobiert. Alles Freiwillige. Von 25 Versuchspersonen sind fünf gestorben und drei weitere haben nur mit Mühe überlebt. Fast alle anderen haben bleibende Gesundheitsschäden."

„Krass!" Jon betrachtete misstrauisch die Flasche.

„Solche Arzneimittel greifen in die Hirnfunktionen ein", fuhr Val fort. „Sie manipulieren irgendwelche Botenstoffe, die wiederum was anderes manipulieren, und dabei ging irgendwas schief."

„Aber was hat das mit uns zu tun?" Jon war unzufrieden. Er wippte unruhig mit beiden Beinen.

„Volan-Chem und Glinka InterLabs arbeiten seit Jahren eng zusammen. Glinka übernimmt die Forschung, Volan-Chem stellt das Medikament her und vermarktet es. Beide machen gut Kohle."

Kris geriet ins Grübeln. Herrn Barnfelders Pessimismus schien um einiges realistischer als er vermutet hatte. Wenn man als Pharmaunternehmen ein Medikament auf den Markt brachte, das aus arbeitsunfähigen Wracks motivierte Arbeitnehmer machte – man würde Millionen verdienen und die Welt wäre einem auch noch dankbar. So ein Arzneimittel war eine Goldgrube! Wahrscheinlich mehr noch als ein Mittel gegen Krebs. Denn – gesetzt den

Fall, es gäbe ein Heilmittel gegen Krebs – würden die Patienten irgendwann gesund und keine Tabletten mehr schlucken. Aber die Unglücklichen, die an ADHS oder so etwas litten, waren über Jahre oder vielleicht sogar ihr Leben lang auf eine bestimmte Medizin angewiesen. Ein irre gutes Geschäft!

„In den vergangenen Jahren hat sich die Zahl der Medikamente, die Kindern und Jugendlichen verschrieben wurden, tierisch gesteigert“, hörte er Val sagen.

„Na und? Wenn das Zeug ihnen hilft!“ Jon stellte seine Flasche ab. „Mann, ist das heiß.“

Val betrachtete ihn nachsichtig. „Mag ja sein, dass die ADHS-Kinder Stressbolde sind. Aber die Gegenseite ist: Diese Kinder sind oft besonders hilfsbereit, gehen auf Außenseiter zu, sind sensibel, vielschichtig, fantasievoll. Sie haben eine Menge positiver Eigenschaften.“

„Die mit Medikamenten unterdrückt werden“, folgerte Kris.

Val belohnte ihn mit einem Lächeln. Himmel, wie sehr er das Piercing in ihrer Nase mochte!

„Na, okay“, grummelte Jon. „Aber wo ist der Zusammenhang mit Aki?“

„Wir haben einen einzigen Ansatzpunkt.“ Val lehnte den Kopf zurück und blinzelte in den gleißend hellen Himmel. „Wir haben Ellen.“

„Ellen war eine Pleite!“, wandte Kris ein.

„Ellen, Glinkas Labor und Volan-Chem. Eine Spezialistin für Psychopharmaka, ein Unternehmen, dem ein Test missglückt ist, und dazwischen ein Labor.“

„Ich schnalle immer noch nicht, was das mit Aki zu tun hat.“ Jon stand auf. Er packte den Saum seines Shirts und wedelte wie ein Irrer. „Ich schmelze!“

„Eben weil wir keinen anderen Ansatzpunkt haben, eben weil die Bullen sich einen Ast über uns lachen und eben weil der Zufall so bemüht wirkt“, belehrte Val ihn, „würde ich einfach mal annehmen, dass Ellen eine gute Schnittstelle ist.“

„Was meinst du damit?“ Kris spürte seine Verzweiflung überkochen. Angst kroch sein Rückgrat hinauf wie ein widerliches Reptil und drückte ihm die Luft ab. Eine Tablette, die diesen Zustand mal für eine Weile abstellte, wäre ihm jetzt hoch willkommen. Er griff in die Jeanstasche. Die Pillen waren noch da.

Val zuckte die Schultern. „Wir besorgen uns Informationen über sie.“

„Und wie?“ Jon blies in seine Smoothie-Flasche.

Grinsend tippte Val mit dem Zeigefinger gegen den Bildschirm ihres Laptops.

Im Halbdunkel von Frances' Café saßen Kris und Jon an zwei Rechnern und durchstreiften das Internet auf der Suche nach den Leuten, die den Medikamententest von Volan-Chem mit Mühe und Not überlebt hatten. Aus den Lautsprechern hinter der Theke quoll der witzigste Jingle von Radio Fritz. *Die Durststrecken der laufenden Sendung werden Ihnen präsentiert von Charlottenburger Trockenbier*. Mannomann.

Eigentlich hatte Kris keine Ahnung, worauf Val aus war. Wahrscheinlich kroch sie gerade auf irgendeinem irren Weg in Ellens Computer. Was das bringen sollte, stand nach Kris' Auffassung in den Sternen. Je öfter er sich seine beknackte Unterhaltung mit Ellen ins Gedächtnis zurückrief, desto ärgerlicher wurde er auf sie. *Aki ist auf dem besten Weg zu einer Psychose*. Verdammt, wie konnte sie das einfach so in den Raum stellen? Sie war schließlich keine Ärztin. Alles, was sie als Beweise ins Feld geführt hatte, Reizbarkeit, Unruhe, Schlafstörungen, Appetitlosigkeit, Stimmungsschwankungen, waren auch typische Burn-out-Symptome.

Eine Stunde später hatte Kris haufenweise Stichwörter gegoogelt, aber nichts gefunden. Er hatte es mit *Medikamententest, Versuchsperson, verstorbene Versuchsperson* und *Überlebende von Medikamententest* versucht. Am liebsten wäre er aufgesprungen, aus dem Café hinaus in die Sonne gerannt und ... was dann? Das war das Schlimmste. Er konnte nichts tun. Nichts Sinnvolleres als an diesem Rechner zu sitzen und eine Handvoll Typen zu suchen, die als Versuchskaninchen für ein neues Medikament beinahe hopsgegangen wären.

Here's the song for those who never ever sit back and recover.

Ran an den Speck! Auf keinen Fall durfte er durchdrehen. Wenn es nur diese blöde Internetrecherche gab, um Akis Entführern auf die Spur zu kommen, würde er mit seinem Hintern so lange auf dem Drehstuhl kleben, bis er etwas erreichte. Kris kombinierte seine Stichwörter mit dem Vermerk *Volan-Chem*. Tauschte schließlich *verstorbene Versuchsperson* gegen *geschädigte Versuchsperson* und bekam einen Hinweis. Eine Selbsthilfegruppe berichtete auf ihrer Internetseite von dem Skandal vor zwei Jahren. Kris wurde neugierig. Er fand heraus, dass der Blog von einem Mann namens Cäsar geführt wurde. In der Rubrik *About me* ging er darauf ein, wie er selbst als Versuchsperson an Medikamententests teilgenommen hatte. Kurzentschlossen schickte Kris ihm eine Mail.

Hi. Ich bin Kris aus Berlin und suche Leute wie Sie, um Erfahrungen auszutauschen.

Der Typ hockte anscheinend vor seinem Rechner, denn zwei Minuten später kam die Antwort.

Hallo Kris! Worum geht's genau?

Kennen Sie Ellen Lennart?

Gespannt wartete Kris auf die Antwort. Immer wieder klickte er auf *Inbox* aus Angst, neue Mails zu verpassen. Schließlich stand er auf und ging aufs Klo. Er hielt die Arme unter den Wasserhahn und ließ eiskaltes Wasser drüberlaufen. Ich halte das nicht mehr aus, dachte er, als er sich zu seinem PC zurückschleppte.

Plötzlich ging Kris auf, dass niemand, absolut niemand, wirklich verstehen konnte, was in ihm vorging. Er verstand sich ja selbst nicht. Mal war er zuversichtlich und leitete Dinge in die Wege, um herauszufinden, was mit Aki passiert war. Dann wieder hätte er sich am liebsten irgendwo verkrochen.

Er bewegte die Maus, um den Bildschirmschoner beiseitezuwischen. Cäsar hatte geantwortet.

Wir sollten uns treffen.

Das wurde Kris zu heiß. Wer war der Typ überhaupt? Warum konnte er nicht einfach antworten, ob er Ellen kannte oder nicht?

„Kriegsrat, Jon", sagte Kris.

„Hm?" Jon guckte ihn mit glasigen Augen an.

„Pennst du oder was?"

Eilig schloss Jon ein Fenster auf seinem Bildschirm. „Hab nichts Nützliches gefunden."

So siehst du aus, dachte Kris zähneknirschend.

Sie nahmen drei Flaschen Cola mit in den Garten und hockten sich zu Val.

„Wer ist der Typ?", fragte sie gedehnt, nachdem Kris berichtet hatte, und trank in einem Zug die halbe Flasche leer.

„Er hat eine Selbsthilfegruppe gegründet. Für Leute, die sich für Medikamententests zur Verfügung gestellt haben und dabei, na ja, geschädigt wurden."

„Er hat einen an der Klatsche“, schlug Jon vor.

Val besah sich ihre roten Fingernägel. „Eins ist doch logisch“, sagte sie schließlich. „Er kennt Ellen. Sonst hätte er auf deine Frage einfach ‚nein‘ geantwortet, Kris.“

„Und warum hat er nicht geschrieben: Ja, ich kenne sie, warum willst du das wissen?“ Jon gähnte ausgiebig.

„Weil er sich Gedanken macht, aus welchem Grund Kris nach Ellen fragt! Das heißt: Ellen ist ihm mindestens einmal über den Weg gelaufen.“

„Und die Begegnung war nicht erfreulich“, fügte Kris hinzu.

Val strahlte ihn an. Das fühlte sich gut an. So was von gut.

„Genau. Volltreffer, Leute: Ellen ist der Dreh- und Angelpunkt.“ Begeistert klatschte Val mit der flachen Hand auf ihren Schenkel.

„Was hast du rausgefunden, Val?“ Aus den Augenwinkeln sah Kris, wie Jon mit düsterem Gesichtsausdruck gegen ein paar Scherben unter dem Tisch kickte.

„Ich versuche, in Ellens Computer zu kommen. Ist aber nicht so leicht. Sie scheint das Ding ständig mit sich rumzuschleppen und nur ab und zu ins Netz zu gehen.“

Kris lief eine Gänsehaut über den Rücken. „Mensch, Val, das …“

Sie hob die Hand. „Komm mir nicht mit ‚das ist illegal‘ oder so. Ich ziehe ein paar Erkundigungen ein. Schleiche hier um eine Firewall, gucke mich dort mal ein bisschen um. Das ist alles.“

„Hast du es bei Glinka InterLabs probiert?“

Sie schenkte ihm ein verschmitztes Lächeln. „Hellseher! Na los, verabrede dich mit Cäsar!“

Sie wollten sich am Alexanderplatz treffen. Kris sprang aus der U-Bahn und sah zu, dass er ans Tageslicht kam. Auf dem Bahnsteig machte irgendein Spinner mit einer Gasmaske vor dem Gesicht Rabatz. Zwei Polizisten hielten ihn an den Armen fest und redeten auf ihn ein. Die Leute gingen auf Abstand. Etwas Düsteres lag in der Luft.

Kris hatte sich in der U-Bahn noch nie unsicher gefühlt. Er war in Berlin aufgewachsen und überzeugt, seine Antennen würden ihm ein Signal geben, wenn sich irgendwo etwas Übles zusammenbraute. Aber jetzt fiel ihm auf, wie sehr ihn die vergangenen Jahre auf der *Susanna* zu einem Fremden in der Stadt gemacht hatten.

Als er sich auf der Rolltreppe noch einmal umdrehte, war da kein Knilch mit Gasmaske mehr. Auch keine Polizisten. Kris rieb sich die Stirn. Es war drückend heiß. Schweiß lief ihm über die Stirn und rann in seine Augen.

Die Patienten sehen Bilder, die wie Träume wirken.

Hatte er sich das alles nur eingebildet?

Kris rannte die Rolltreppe wieder hinunter, stieß dabei mit einem

Typen zusammen, der wenig Verständnis für plötzliche Richtungswechsel hatte.

Mit einem beherzten Sprung landete Kris zu Füßen der Rolltreppe. Er hatte so viel Schwung, dass er ein paar Schritte vorwärtstaumelte und mit den Handflächen über den Boden schrammte.

Keine Gasmaske, kein Tumult, keine Polizisten, keine Neugierigen.

Die haben ihn einfach schnell weggebracht, dachte Kris. Die Polizei fackelt nicht lang.

Aber der Typ hatte ja nichts weiter angestellt. Höchstens rumgeschrien und Omas erschreckt.

Eine Gasmaske, bei der Hitze?

Niedergedrückt schlich Kris zurück zu den Rolltreppen. Er war sich nicht mehr sicher, ob er den Gasmaskenheini wirklich gesehen hatte.

Was war nur mit ihm los? Knallte er langsam durch?

Auf dem Platz sah er sich um. Cäsar wollte ihn vor der *Nordsee* treffen. Kris hatte keine Ahnung, wen er erwartete.

„Hallo. Kris?"

Ein Riese schob sich heran, knappe zwei Meter groß, mit mürrischem Gesichtsausdruck. Er war so unglaublich fett, dass Kris entsetzt zurückwich.

„Cäsar?", fragte Kris vorsichtig. Die Ausmaße dieses Mannes schockierten ihn. Sein Alter konnte er nicht schätzen. Vielleicht um die 30?

„Lassen wir's bei Cäsar. Man weiß nie."

Kris nickte.

„Haste Hunger? Soll'n wir was essen gehen?"

Kris schüttelte den Kopf.

„Kennen Sie Ellen Lennart?"

„Warum willste das wissen? Wie kommste überhaupt auf den Namen, hm?" Misstrauisch kniff Cäsar seine Schweinsaugen zusammen und musterte Kris.

„Gehen wir ein Stück?", fragte Kris.

„Okay."

Eine Weile schlichen sie nebeneinander her durch die drückende Schwüle, quatschten über Belangloses. Kris wollte nicht gleich mit der Sprache rausrücken und Cäsar war immer noch misstrauisch. Er bewegte sich langsamer vorwärts als eine Schildkröte.

„Ich komme mit der Hitze nicht klar, weißte", ächzte Cäsar und lächelte schief. „Obwohl ich so ein zartes Elfchen bin."

Trotz seiner düsteren Stimmung musste Kris grinsen. Irgendwie kam ihm der Typ ganz nett vor. Humor hatte er wenigstens. Kris wollte endlich auf Aki zu sprechen kommen. Er musste es riskieren. Vielleicht wusste Cäsar etwas.

„Meine Schwester ist verschleppt worden", fing Kris an. „Die Polizei kann nichts machen. Kurz, bevor sie verschwand, hatte Aki Besuch von Ellen Lennart. Die beiden kennen sich aus der Schule."

„Lennart ist eine gefährliche Person." Mit einem Mal wirkte Cäsar hellwach. „Äußerst ehrgeizig. Perfektionistin. Will ganz groß rauskommen. Das macht sie zur Zeitbombe."

„Wieso?"

„Weil sie bei den Pharma-Riesen Karriere machen will. Da musste skrupellos sein."

Kris verstand nur Bahnhof.

„Du hast nicht viel Ahnung, was, Kris?“ Cäsars Atem ging rasselnd. Er keuchte bei jedem Schritt.

Sie kamen zum Neptunbrunnen. Kinder hüpften im Wasser herum. Ein Hund soff durstig, die Vorderpfoten auf die steinerne Umrandung des Brunnens gestemmt.

„Also, pass mal auf. Lennart hat Chemie studiert. War eine begabte Studentin, und nach den Abschlussprüfungen hat ihr Prof sie gefragt, ob sie eine Doktorarbeit schreiben will. Ist schon fast die Voraussetzung, um einen Job zu kriegen. So weit klar?“ Schnaufend vor Anstrengung legte Cäsar einen Arm um eine steinerne Nymphe. Bei jedem Wasserspritzer, den er abkriegte, stöhnte er zufrieden.

Auch Kris sehnte sich nach Abkühlung. Die Sonne brannte. Der Boden unter ihnen war heiß wie ein Grill.

„Lennart interessiert sich für Neuroleptika. Weißte, was das ist?“

„Medikamente, mit denen man Psychosen behandelt.“

Cäsar zog die Augenbrauen hoch. „He, bist ja doch einigermaßen hell auf der Platte. Lennart hat also alle Hände voll zu tun. Wenn du nämlich eine Doktorarbeit schreibst, verdienst du keine Kohle. Also brauchst du einen Job. Den hat sie bei Glinka.“

„Glinka InterLabs?“

„Worauf biste aus, Junge?“

„Ich hab ein bisschen recherchiert“, sagte Kris rasch.

Und das Mädchen, das ich gern zur Freundin hätte, ist im Augenblick dabei, illegal auf die Computer von Glinka InterLabs zuzugreifen, fügte er im Stillen hinzu.

„Genau. Da also findet sie einen Job. Frisch von der Uni und grasgrün hinter den Ohren.“

„Ist klar."

„Will heißen", Cäsar stieß seinen Zeigefinger auf Kris' Brust, „Lennart hat den Job natürlich gekriegt, um Sonderschichten zu fahren. Blickste durch?"

„Ich glaube schon." Kris schluckte. Seine Kehle war staubtrocken. Wieder hatte er das Gefühl, als würde in seinem Hals alles hart und starr. „Aus Angst, rausgekickt zu werden, macht sie alles, was ihr Chef verlangt."

„Und schweigt." Cäsar setzte sich wieder in Bewegung.

„Kommen hier die Medikamententests ins Spiel?"

„Wieviel weißte darüber?"

„Nichts", gab Kris zu. „Wir haben nur rausgefunden, dass VolanChem und Glinka eng zusammenarbeiten und dass es da mal einen Riesenskandal gegeben hat."

„Wer ist wir?"

„Meine Freunde. Val, Jon und ich."

„Spielt ihr die drei Fragezeichen oder wat?" Cäsar schüttelte den Kopf.

„Was ist vor zwei Jahren passiert?"

„Drei von uns sind dem Tod gerade so entkommen. Ich war einer davon."

„Was lief denn schief?" Kris musste sich zwingen, langsam zu gehen, um Cäsar nicht abzuhängen.

„Ich war damals klamm. Hab meinen Job verloren und wollte nicht hartzen. Deswegen hab ich auf die Kleinanzeige geantwortet. Testpersonen gesucht. Klang seriös. Die haben uns in einer Klinik aufgenommen. Irgendwo am Stadtrand von Potsdam. Dort wird geforscht. Du weißt anfangs ja nicht, was das bedeutet: dass Leute mit unausgegorenen sogenannten Medikamenten vollgestopft werden. Weit ab vom Schuss."

Sie überquerten die Spandauer Straße. Ein paar Autos mussten bremsen, um das ungleiche Duo über die Fahrbahn zu lassen. Cäsars Trippelschritte wurden immer schwerfälliger.

„Dreimal täglich verabreichten sie uns das Mittel. Morgens, mittags und abends wurden wir untersucht. Blutdruck, Zucker messen, all so was. Das Essen in der Bude war erste Sahne." Endlich erreichten sie den Gehweg. Schnaufend blieb Cäsar stehen und stemmte die Fäuste auf die Knie. „Wir haben uns wohlgefühlt. Anfangs wenigstens. Okay, dass man ständig unter Beobachtung stand, war 'n bisschen nervig. Kameras in jedem Zimmer. So Big-Brother-mäßig."

Ungeduldig trat Kris von einem Fuß auf den anderen.

„Ja, und nach vier, fünf Tagen, ging der Stress los. Wir haben oft im Klinikpark Boccia gespielt, Handball, alles Mögliche. War wirklich schnieke. Also. Ich war in diesem Park. Es war Sommer, ein kühler Tag, Regenwolken am Himmel. Und ich wusste plötzlich nicht mehr, wo ich war. Keinen Dunst!"

Cäsar richtete sich wieder auf. Sein Atem ging rasselnd. Sie quetschten sich an den parkenden Autos vorbei und flüchteten in den Schatten der Bäume. Kris sah zum Marx-Engels-Denkmal hinüber. Trauben von Touristen ließen sich mit den beiden Bronzefiguren fotografieren. Lachen und Stimmengewirr drangen zu ihnen herüber.

„Was passierte dann?", fragte Kris atemlos.

„Ich war wie ausgeschaltet. Als wäre ich von einem fremden Planeten runtergefallen. Hab nichts mehr gecheckt. Wusste nicht mal, wer ich war. Das war das Schlimmste, was ich je erlebt habe. Vor Entsetzen schrie ich rum wie ein Irrer. Die gaben mir was zur Beruhigung. Als ich aufwachte, lag ich in meinem Bett und alles war vorbei. Ich war wieder ich.“ Stöhnend ließ Cäsar seinen massigen Körper ins Gras gleiten. Kris setzte sich neben ihn.

„Das passierte noch ein paar anderen. Die Forschungsfatzkes nannten den Zustand temporäre Globalamnesie: Du vergisst absolut alles. Einschließlich dich selbst. Das einzig Gute daran: Der Zustand geht vorüber.“

„Aber wie kam es dazu?“ Kris sah sich um. Eine Gruppe Amerikaner wälzte sich an ihnen vorbei. Lauter Rentner in Bermudas und ärmellosen Tops.

„Viel weißes Fleisch, was?“ Cäsar lachte, dass sein enormer Bauch schwabbelte. „Das Medikament hat unsere Gehirne vergiftet. Ich blickte zwar wieder durch, wer ich war, aber sofort kam Albtraum Teil 2: Nach der Desorientiertheit wurde ich schläfrig. Wie ein Grizzly im Winter. Ich war tagelang richtig weggetreten. Dachte zuerst, das läge an den Beruhigungsmitteln gegen die Panikattacke im Park. Aber es stellte sich raus, dass sie mir nur ein einziges Mal einen Angstblocker reingetrillert hatten.“

Kris dachte an Jon, der in letzter Zeit immerzu gähnte. Quatsch! Jetzt nur nicht anfangen, hinter allem gleich eine Krankheit zu vermuten.

„Die Schläfrigkeit war ein Schutzmechanismus des Gehirns. Abschalten, damit niemand mehr an mir rummacht. Ich kullerte ins Koma. War gute zwei Wochen vollkommen ausrangiert. Etliche andere auch. Keine Ahnung, was in der Zeit gelaufen ist. Die Ärzte haben alles versucht, um uns zurückzuholen. Bei dreien von uns haben sie's geschafft. Die anderen fünf sind aus dem Koma nie mehr aufgewacht. Sind an Nierenversagen gestorben. Haste mein Blog gelesen?"

„Mal überflogen."

„Sie haben uns mit Schmerzensgeld abgespeist. 5000 Euro pro Nase. Schau mich doch an!" Er verzog das Gesicht. „Denkste, ich war immer so fett? Die Gehirnentzündung hat ein paar Drüsen kaputtgemacht. Ziemliche Scheiße."

„Und Ellen?"

„Ellen Lennart. Die gute Seele des Hauses." Cäsars Stimme troff vor Häme. „Prüfte jeden Tag die Patientenakten. Sie war über alles informiert. Als die Katastrophe überstanden war, haben wir drei Überlebenden versucht, aus ihr rauszuquetschen, was da eigentlich los war. Natürlich wollten Glinka und seine Leibeigenen uns die Info vorenthalten. Die meinten, wir wären sowieso dermaßen neben der Mütze, dass man uns nicht auch noch das Ableben unserer Leidensgenossen unter die Nase reiben sollte."

„Und die anderen Versuchspersonen? Die, bei denen nichts schiefgegangen ist?", wollte Kris wissen.

„Schiefgegangen ist bei allen was. Bloß bei einigen ist es besonders übel ausgegangen." Er klopfte auf seinen Bauch. „Kein Einziger blieb ohne Nebenwirkungen, aber als nach mir noch welche umkippten, haben sie die Mittel bei allen abgesetzt."

„Was für Nebenwirkungen?"

„Die Leute haben sich Sachen eingebildet, die nicht da waren. Einige wurden antriebslos, andere aggressiv. Manche von denen laufen jetzt noch neben der Spur. Hören Stimmen aus der Steckdose und denken, dass andere sie beim Denken belauschen. Einer schwor Stein und Bein, im Rauchmelder wäre ein Kameraauge, das ihn Tag und Nacht kontrolliert." Cäsar beugte sich ächzend zu Kris: „Sei vorsichtig mit Lennart! Ich hab sie seit damals auf meiner Liste, kapierste?"

Kris starrte den Mann verständnislos an.

„Wir haben Hinweise, dass sie angeordnet hat, die Tests nicht sofort nach meinem Zusammenbruch abzubrechen, sondern weiterzumachen. Sie dachte, ich wäre ein Querschläger. Ein Typ, der bedauerlicherweise allergisch reagiert."

„Also hat Ellen …"

„… die fünf Toten auf dem Gewissen! Sie war das Bindeglied zwischen den Ärzten in der Klinik und den Typen bei Glinka. Das kam nur nie an die Öffentlichkeit, weil Glinka sie geschützt hat."

„Wer ist dieser Glinka überhaupt?", fragte Kris. Fasziniert beobachtete er, wie der Schweiß in Bächen über Cäsars Gesicht rann.

„Joseph Glinka, so um die vierzig Jahre alt. Ein irrer Geschäftemacher. Hat panische Angst vor dem Internet. Du wirst nirgends ein Foto von ihm finden. Der Mann hat den richtigen Riecher und forscht da, wo in Zukunft was zu erwarten ist. Hilf mir mal auf."

Kris stemmte die Füße ins Gras und zog Cäsar hoch.

„Und was ist das?"

Cäsar rieb sich den Schweiß vom Gesicht. Ein Mann mit einer riesigen Kamera trat unter den Bäumen hevor und richtete sein Objektiv auf das Marx-Engels-Denkmal. Er trug Jeans und ein T-Shirt mit der Aufschrift „University of Virginia“. Sein Gesicht war zur Hälfte von einer gigantischen Sonnenbrille bedeckt.

„Die spinnen, die Amis“, brummte Cäsar. Er beugte sich zu Kris herunter. Als er den Mund öffnete, traf Kris der saure Atem des Mannes wie ein Faustschlag. Angewidert wich er zurück.

„Was glaubste wohl, Junge, womit am allermeisten Geld zu machen ist in der Welt? Hm? Du handelst mit Öl, mit Drogen, mit Frauen oder mit Medikamenten. Der Profit ist einmalig. Was da an Kies gemacht wird, das kann sich kein Piepmatz vorstellen. Erst recht keiner, der sich jeden Tag zu seinem stumpfsinnigen Job schleppt.“

Der Mann mit dem „University-of-Virginia“-T-Shirt drehte sich zu ihnen um. Er lächelte und machte ein Foto.

„He!“, rief Cäsar erbost. „Die Touris bilden sich auch ein, sie könnten einen ablichten wie die Kamele im Zoo.“

„Sie meinen, den Pharmakonzernen ist es egal, ob ihre Medikamente ein paar Leute ausknocken? Solange sie Profit machen?“

„Du hast es erfasst, Junge.“ Cäsar nickte bedeutungsschwer. „Das sind Gangster. Richtige Ganoven. Erinnerste dich an den Fall, in dem eine Firma wissentlich HIV-positive Blutkonserven weiterverkauft hat? Nee, biste wahrscheinlich noch zu jung.“

„Aber …“

„Geil, wenn wir alle Aids kriegen und Krebs und Alzheimer. Umso mehr verdienen die Pharmafritzen. Denen graust vor gar nichts. Die ziehen ihr Geschäft durch.“

Kris hielt sich den Kopf. Der Amerikaner trabte langsam auf das Marx-Engels-Denkmal zu. Seine Kamera wog er dabei in der Hand. Es schien, als würde er noch mal in ihre Richtung fotografieren, aber das wäre doch etwas übertrieben. So interessant waren sie nun auch nicht.

„Wo genau ist die Potsdamer Klinik?“

„Die wurde nach den Todesfällen geschlossen. Das Gebäude haben sie ein halbes Jahr später abgerissen.“

„Mist.“ Auch diese Hoffnung war dahin. Kris hatte es für Bruchteile von Sekunden für möglich gehalten, dass Aki nach Potsdam gebracht worden war.

„Sei auf alle Fälle vorsichtig.“ Cäsar nickte Kris zu, bevor er schnaufend wie eine Lok davonstapfte. Er quetschte sich durch den Pulk von Touristen, klopfte Marx auf den Kopf und verschwand.

Kris lief und lief. Sein T-Shirt klebte ihm am Rücken. Er war am Verdursten. Doch er hatte nicht die geringste Lust, im Halbdunkel bei Frances zu sitzen. Vor allem nicht vor einem Computer. Die Gedanken in seinem Kopf waren völlig verkleistert.

Was tun wir da eigentlich?, dachte Kris, als er die Spree überquerte und über die Museumsinsel hastete. Wir fummeln an irgendeiner blöden Geschichte über die superehrgeizige Ellen Lennart herum. Aber Aki ist weg!

Wieder brach der Schmerz in ihm mit einer Heftigkeit auf, die ihm den Atem nahm. Alle Überlegungen, die er, Val und Jon hin- und hergewälzt hatten, schienen ihn immer weiter weg von der eigentlichen Frage zu führen: Warum war Aki entführt worden?

Kris ging langsamer. Mit einem Mal war er überzeugt, dass er, Jon und Val in eine komplett falsche Richtung dachten. Sie hatten Aki als auswechselbares Opfer gesehen. Aber war das logisch? Wenn jemand den Aufwand betrieb, mit einem halben Dutzend Dunkelmännern auf dem Hausboot einzubrechen und Aki zu kidnappen, musste dieser Jemand dafür einen sehr guten Grund haben.

Und die Kameras?

Kris blieb stehen und sah sich unentschlossen um. Ein Pulk Touristen schleppte sich über den glühenden Asphalt Richtung Pergamonmuseum. Ihm war nicht nach Menschenansammlungen. Deshalb wandte er sich nach links und tigerte zum Alten Hafen.

Aki konnte die Kameras kaum angebracht haben. Warum sollte sie das tun? Sie war noch nie ängstlich gewesen. Im Gegenteil: Beim Fallschirmspringen und Kiten genoss sie sogar die Gefahr! Zu welchem Zweck hatten die Typen Aki entführt? Aus dem Fernsehen kannte Kris eigentlich nur eine Absicht hinter Entführungen: Der Gangster wollte Lösegeld erpressen. Dazu musste er aber mit den Angehörigen der Geisel in Verbindung treten, um seine Forderungen an den Mann zu bringen.

Bisher hatte sich niemand bei Kris gemeldet. Und andere Verwandte gab es nicht.

Wo aber sollte ein Entführer sich melden? Kris' Kehle brannte. Sein Handy war ja abgesoffen!

In einem Edeka-Markt kaufte er eine Flasche Wasser. Vor dem Geschäft hockte er sich auf den Rand eines Fahrradständers und starrte auf die Straße. An einigen Stellen war der Asphalt in der Hitze geplatzt. Kris trank. Das Wasser war eiskalt. Ein Motorrad rollte die stille Straße entlang. Direkt vor dem Fahrradständer gab der Fahrer Gas. Der Motor jaulte auf, das Bike bog um die nächste Ecke.

Nachdenklich nahm Kris das Handy von Jons Vater aus seiner Jeanstasche. Keiner kannte die Nummer. Nur Herr Lasky, Jon und Val.

Ein Entführer sollte clever genug sein, irgendwie Kontakt herzustellen, wenn er das will, dachte Kris. Zum Beispiel über die Telefonnummern meiner Freunde, die in meinem Adressbuch auf dem Notebook sind. Vielleicht war das sogar der Grund, warum die Ganoven die Rechner mitgenommen hatten.

Aber weder Aki noch Kris hatten Kohle. Ihre Eltern hatten ihnen nicht viel hinterlassen. Das wenige Ersparte, das die Geschwister geerbt hatten, war ihr Notgroschen. Wenn Kris sich richtig erinnerte, ging es um 20.000 Euro. Kein Betrag, der als Lösegeld taugte. Mit Menschenraub wurden Millionen erpresst. Deswegen traf es vor allem die Verwandten von richtig reichen Leuten.

Was zur nächsten unvermeidlichen Erkenntnis führte: Der Entführer wollte gar keinen Kontakt zu Kris aufnehmen. Weil es nämlich nicht um Lösegeld ging. Kris sollte gar nicht versuchen, Aki wiederzubekommen.

Damit war eines klar: Aki war unwiederbringlich verloren. Aber das wollte Kris nicht denken, das war zu heftig.

Er hatte heute schon gefühlte zehntausendmal ihre Nummer gewählt. Es war sinnlos. Aber er tat es trotzdem wieder. Mit feuchten Fingern tippte er die Nummer. Als der AB ansprang, ließ er das Handy sinken.

Er klammerte sich an diese Anrufe, als könne er noch etwas von Aki und ihrem gemeinsamen Leben festhalten.

Kris legte den Kopf in den Nacken und schüttelte die letzten Tropfen Wasser in seinen Mund. Dann gab er die Flasche ab.

Wenige Minuten später war Kris am Alten Hafen. Die nordöstliche Spitze der Insel teilte Spree und Spreekanal wie der Bug eines Schiffes. Er setzte sich in den Schatten und sah hinüber zu den alten

Dampfern, die auf den Spreewellen auf- und niedertanzten. Beim Anblick der Schiffe ergriff ihn Verzweiflung. Die auf dem Wasser glitzernden Sonnenstrahlen, die bunt bemalten Kajüten und Schornsteine erinnerten ihn zu sehr an sein Zuhause. Im Moment schien es, als hätte er seine Heimat für immer verloren. Kris legte sich auf den Rücken, verschränkte die Arme unter dem Nacken und blinzelte in den unverschämt blauen Himmel.

Als das Handy in seiner Hosentasche klingelte, schrak er zusammen.

„Hallo?", fragte er aufgeregt.

Niemand antwortete.

„Hallo?", rief Kris noch einmal. „Wer ist da?"

Am anderen Ende der Leitung hörte er ein leises Brummen. Dann lachte jemand. Ein dunkles, hohles Lachen, das Kris das Blut in den Adern stocken ließ.

„Wer ist da?", keuchte er, während seine schweißnassen Finger das Handy umklammerten.

Es klickte in der Leitung. Kris saß lange da, starrte auf das Telefon in seiner Hand und wagte kaum zu atmen. Schließlich sah er sich um. Hinter ihm ragten die Hochhäuser der Fischerinsel auf. Ein Frachtkahn schipperte die Spree hinauf. Aufmerksam spähte Kris hinüber zu den Bäumen. Seine Augen waren von der Sonne geblendet. Langsam verstaute er das Handy in seiner Jeanstasche und stand auf. Für einen Moment drehte sich alles.

Zu den typischen Symptomen gehört es, Geräusche und Stimmen zu hören, die eigentlich nicht sein können.

Panisch riss Kris das Handy wieder aus der Hosentasche und

klickte auf „angenommene Anrufe“. Die Nummer war unterdrückt, aber die Uhrzeit stimmte.

In einem Affenzahn flitzte Kris über die Brücke, weg von der Fischerinsel, bog in die Wallstraße ab und rannte im U-Bahnhof Märkisches Museum die Rolltreppen hinunter. Er sprang in die nächstbeste Bahn und merkte erst zwei Stationen später, dass er in die falsche Richtung fuhr. In Stadtmitte stieg er aus. Er nahm die nächste U-Bahn zurück. Dachte an das Gespräch mit Cäsar.

Einer schwor Stein und Bein, im Rauchmelder wäre ein Kameraauge, das ihn Tag und Nacht kontrolliert.

Kris stöhnte auf. Die Frau im Hosenanzug, die ihm gegenübersaß, guckte ihn misstrauisch an.

Die Kameras auf der *Susanna* … Waren das in Wirklichkeit Rauchmelder gewesen?

Kris schluckte. Wieder hatte er Durst. Warum schaute ihn die Tussi so durchdringend an?

Nicht durchdrehen, nur nicht durchdrehen.

Es waren keine Rauchmelder, dachte ein Teil von ihm, es waren Kameras. Eindeutig. Aber ein anderer Teil dachte: Vielleicht waren es doch Rauchmelder. Und ich habe geglaubt, es wären Kameras.

„Hi, Kris! Val und Jon sind nicht mehr hier!“, begrüßte ihn Frances, als er das Café betrat.

In Gedanken murmelte Kris „danke“, wandte sich um und ging. Ihm blieb nichts anderes übrig, als weiter auf Jons Gastfreundschaft zu bauen. Während er sich verzagt über die Straße schleppte, klingelte wieder sein Handy.

„Hallo?“ Seine Stimme zitterte.

„Hallo Kris, hier spricht Ralph Lasky. Ich habe mit der Polizei telefoniert. Leider keine Neuigkeiten.“

Die Erleichterung, dass Jons Vater ihn anrief, mischte sich mit der Verzweiflung, dass Aki verschwunden blieb.

„Aber ich habe erreicht, dass sie nun eine Ringfahndung einleiten. In ganz Berlin wird aktiv nach Aki gesucht.“

„Danke“, brachte Kris heraus. „Herr Lasky, haben Sie mich vorhin schon mal angerufen?“

„Nein. Warum?“

„Weil … naja, weil jemand angerufen hat. Aber die Verbindung kam nicht zustande.“

„Kann ja mal vorkommen. Ich melde mich wieder!“

Herr Lasky hatte das Gespräch beendet, noch ehe Kris fragen konnte, ob er überhaupt noch in Berlin war.

Wie er zu Jons Haustür gekommen war, wusste er nicht. Er klingelte. Er hatte nicht mal einen Schlüssel. Wenn Jon gerade mit Val beschäftigt war, stand er auf der Straße wie ein Volltrottel. Doch jemand drückte auf den Öffner.

„Na endlich, Kris. Wie lief's?“ Val sah ihm an der Wohnungstür entgegen.

„Hi. Ist Jon nicht da?“

„Er duscht.“

Das konnte ja alles Mögliche heißen.

Kris ging an Val vorbei in die Küche und trank Wasser direkt vom Hahn. Selbst jetzt, am frühen Abend, zog kein kühlendes Lüftchen auf. Am liebsten hätte er Val in die Arme genommen und geküsst, aber er traute sich nicht. Was, wenn sie auf Jon stand? Und außerdem hab ich jetzt andere Probleme, dachte Kris, als er den Wasserhahn zudrehte.

Val setzte sich an den Küchentisch hinter ihr Notebook und sah ihn aufmerksam an.

„Wie war dieser Cäsar drauf, Kris?“

„Der war vielleicht fett, Mann!“ Kris erzählte. Jon kam aus der Dusche, mit einem Badetuch um die Hüften. Das lange Haar klebte ihm klatschnass im Nacken. Val beachtete ihn gar nicht.

Als Kris geendet hatte, sagte sie: „Also, ich hatte recht: Ellen ist der Dreh- und Angelpunkt. Und Glinkas Labor natürlich auch.“

„Hast du was erreicht?“, fragte Kris.

Sie schüttelte den Kopf. „Alle Zugänge im Netz sind zu gut gesichert. Aber ich habe eine andere Idee, wie wir Ellen und Glinka ködern können."

„Nämlich?", fragte Kris.

„Ich habe bei Facebook eine neue Gruppe gegründet. Gesucht werden Leute, die etwas über biochemische Manipulation wissen oder Opfer von solchen Machenschaften geworden sind."

„Biochemische Manipulation?", fragte Kris. Er hatte die Nase voll von dem Kram. Neue Informationen über kranke Sachen wollte er überhaupt nicht hören.

„Es ist ja kein Geheimnis!" Val klappte ihren Laptop auf. „In Afrika wurden AIDS-Medikamente an ganzen Dörfern getestet. Die Zufahrten wurden gesperrt und die Leute bekamen die Arzneien verabreicht. Nicht in einer Forschungsklinik, sondern mitten in der Savanne. Notfallmedizin gab es da nicht, wenn was schieflief." Ungeduldig klickte Val in ihren Ordnern herum. „Hier: Impfungen lösen Krebs oder Autimus aus. Röntgenstrahlen und Hormonpräparate bewirken Depressionen und Unfruchtbarkeit. In den Nachrichten kriegen wir bloß nichts davon mit."

„Die Pharmaindustrie sorgt nämlich dafür, dass Journalisten nicht über Fehlschläge berichten können", legte Jon los. „Interviewanfragen werden abgelehnt, TV-Teams bedroht. So war das auch im Fall von Volan-Chem. Magazinen, die über die misslungenen Tests und die Todesfälle dort berichtet haben, sind die Anzeigenkunden weggebrochen. Dadurch gerieten die Zeitschriften in Schwierigkeiten. Allein vom Verkaufspreis nehmen die nicht genug ein. Der dickste Batzen Geld kommt über die Werbung."

„Redaktionen von Zeitungen, die sich mit dem Thema ‚Schädigung durch Medikamententest' befasst haben, wurden mit Briefen von Anwälten bombardiert", ergänzte Val. „Die Blätter berichteten nicht mehr über Volan-Chem und die Todesopfer der Tests, weil sie Schiss hatten, vor Gericht gezerrt zu werden und Millionenstrafen zahlen zu müssen."

„Aber wir haben doch Pressefreiheit", protestierte Kris.

„Pah!", machte Jon. „Mein Vater ist schon öfter bei Recherchen abgeblitzt. Sein eigener Chefredakteur hat ihn zurückgepfiffen, wenn eine Story zu heiß wurde."

„Die Pharmaindustrie ist ziemlich mächtig", nickte Val. „Die wollen sich ihre Geschäfte nicht verderben lassen."

Kris dachte an Cäsar.

Am allermeisten Geld machst du mit Öl, mit Drogen, mit Frauen oder mit Medikamenten.

„Die Kameras auf dem Boot", murmelte Kris.

Die beiden anderen sahen ihn verwirrt an.

„Cäsar sagte, in dieser Forschungsklinik wären überall Kameras gewesen. Die Versuchspersonen standen immerzu unter Beobachtung."

„Und?", fragte Jon.

„Ich habe mir den Kopf zerbrochen, wer die Kameras auf der *Susanna* angebracht hat. Aki scheidet aus. In ihrem Normalzustand wäre sie nie auf so eine Idee gekommen, und wenn, dann hätte sie mir was gesagt."

„Aber sie war, zumindest als du von den Projekttagen zurückkamst, naja, ziemlich paranoid, würde ich sagen", widersprach Jon.

Eine Welle von heißer Wut raste durch Kris' Körper. Der erste Impuls war, Jon eins auf die Nase zu geben. Draußen auf der Straße heulte ein Martinshorn auf.

„Psychotische Patienten würden aber keine Kameras anbringen", erwiderte Kris so ruhig er konnte. „Im Gegenteil: Die haben eher Angst, dass sie vom Rauchmelder observiert werden oder dass jemand durch die Steckdose zu ihnen spricht."

„Wenn aber nicht Aki die Kameras auf eurem Boot installiert hat", machte Val weiter, „muss es jemand anderes gewesen sein. Und wer? Jemand, der den Überfall und Akis Entführung filmen wollte?"

„Wer sollte das wollen?"

Vals Finger spielten Klavier auf der Tischplatte. Als ob sich ihre Gedanken in ihren Fingerspitzen überschlugen.

„Das können wir nur auf der *Susanna* rausfinden."

„Wieso?", fragte Jon matt.

„Na, weil die Kameras dort irgendwas aufnehmen sollten, darum!"

„Val, ich habe nichts Besonderes gesehen. Und die Polizei hat alles abgegrast, aber nichts gefunden, was helfen würde, Aki aufzuspüren", wandte Kris ein.

„Ich behaupte ja nicht, dass wir sofort was entdecken, das uns hilft, auf Akis Spuren zu kommen. Allenfalls indirekt."

„Sie spricht in Rätseln", grinste Jon.

Idiot, dachte Kris.

„Packt euch ein, Jungs. Wir fahren raus zum Gosener Kanal."

„Jetzt? Es ist spät!" Jon zeigte aus dem Fenster. Der Abend tauchte die Straße in ein unwirkliches, orangerotes Licht.

„Angsthase!“ Val stemmte die Hände in die Hüften. „Jede Minute zählt. Oder etwa nicht?“

„Mein Vater kommt bald …“, bettelte Jon um Gnade.

„Du meinst, er findet das nicht grandios, dass sein Sohn einen kleinen Ausflug zur *Susanna* unternimmt?“ Missbilligend schüttelte Val den Kopf.

Jon kapitulierte.

Sie fuhren zum Alexanderplatz und stiegen in die S 3 nach Erkner um. Die Strecke hatte früher zu Kris' Alltag gehört. Siedend heiß wurde ihm klar, dass es wieder einen Schnitt durch sein Leben gab. Der erste Riss war der Tod seiner Eltern gewesen. Danach war alles anders geworden. Der Überfall und Akis Verschwinden war die zweite Katastrophe. Er lehnte den Kopf an das schmierige Fenster. Während die S-Bahn sie in die Berliner Außenbezirke trug, das Tageslicht in ein samtenes Blau überging und die Häuser weniger wurden, ging ihm auf, dass wieder einmal nichts mehr so sein würde wie zuvor.

Trotzdem fühlte er sich zum ersten Mal seit Tagen ansatzweise entspannt. Endlich tat er mal etwas Echtes. Er traf nicht nur schräge Vögel oder hockte vor dem PC, um irgendwas im Internet zu recherchieren.

Jons Hand legte sich auf Vals Oberschenkel. Val schüttelte sie ab. Kris sah weg.

Als sie in Wilhelmshagen ausstiegen, hing die Dämmerung über dem kleinen Ort. Keine Menschenseele war unterwegs.

„Okay. Vorschläge, Jungs. Wie kommen wir zur *Susanna*?“

„Trampen?“, schlug Jon vor.

Kris fand, es war das Konstruktivste, was sein Kumpel bisher beigetragen hatte.

Val war nicht dieser Meinung.

„Hier sind ja Tausende Fahrzeuge unterwegs, von denen uns bestimmt gern einer mitnimmt“, gab sie sarkastisch zurück.

„Bessere Idee?“, ärgerte sich Jon.

„Zu Fuß.“ Kris ging einfach los. Die Zankereien nervten ihn. Fast kam es ihm so vor, als ob Val und Jon die ganze Situation als Spiel betrachteten. Val nutzte sie aus, um zu prahlen, wie clever sie war, und Jon würde vermutlich alles mitmachen, um mit Val zusammen zu sein, selbst wenn er dabei Kris' Anwesenheit ertragen musste.

„He, jetzt warte doch mal!“, hörte er Jon hinter sich nörgeln.

Aber Kris' Beine liefen wie von selbst. Ihm ging das alles so auf den Geist! Wenn einer sich diese Story nicht gewünscht hatte – bitte, es war Kris Roloff! Er war so gereizt, dass er immer schneller lief, schließlich in einen leichten Trab fiel und erst vor der Kirche nach Atem ringend stehen blieb.

Frühe Symptome einer Psychose sind Reizbarkeit, Unruhe, Stimmungsschwankungen.

„'n Abend, Kris“, sagte jemand zu ihm.

Kris fuhr herum. Hinter ihm wuchs Gerd Belling aus dem Boden. Ein Typ in Akis Alter, der eine Pension am Dämeritzsee betrieb und seine Gäste öfters mit dem Stocherkahn durch den Gosener Kanal in den Seddinsee schipperte. Im Sommer machte er am Hausboot meist kurz Halt, um zu plauschen.

„Ach, hallo Gerd!“

„Sag mal, man hört ja so einiges. Was war los da auf der *Susanna*?“

Kris wischte sich den Schweiß von der Stirn. Er würde diese schreckliche Geschichte nicht noch einmal zum Besten zu geben. Val und Jon schlossen auf.

„Aki … arbeitet eine Weile direkt in der Werbeagentur“, erfand Kris eine Ausrede. Er nickte zu seinen Freunden hinüber. „Gerd, könntest du uns zur *Susanna* fahren? Ich will … ein paar Sachen holen.“

„Klar.“ Neugierig beäugte Gerd Val und Jon. Sein braunes Haar stand strubbelig um seinen Kopf.

„Das sind Freunde von mir“, stellte Kris vor. „Gerd ist okay“, schob er flüsternd nach.

Unablässig quatschend führte Gerd sie zu seinem Jeep. Sie fuhren durch den Forst zur *Susanna*. Währenddessen breitete Gerd den gesamten Dorfklatsch vor ihnen aus: Wer im Krankenhaus lag, wer mit wem ging, wer sich scheiden ließ. Er berichtete, dass in Hessenwinkel eingebrochen worden war und die Pensionen am See sich gegenseitig die Gäste streitig machten. Kris verdrehte die Augen.

Schließlich hielt der Jeep mit quietschenden Bremsen an der Stelle, wo der Trampelpfad durchs Gehölz zum Kai führte. Zwischen den Bäumen war es stockfinster. „Hier wären wir. Soll ich warten?“

„Nicht nötig“, versicherte Val.

„Na ja, dann. Ich muss ohnehin weiter, kriege noch Gäste heute Abend.“

Er wendete und jagte mit aufheulendem Motor davon.

Unschlüssig standen die drei auf dem Forstweg. Kris hatte vergessen, wie finster es hier draußen sein konnte. Kein Straßenlampen, das nächste Haus weit entfernt, die nächste größere Straße nicht zu sehen. Dennoch war ihm jeder Baum vertraut. Selbst in totaler Finsternis hätte er noch den Einstieg in den Trampelpfad gefunden.

„Also los!“, kommandierte er und quetschte sich zwischen den Haselnusssträuchern durch. „Mir nach.“

Es war ein seltsames Gefühl, wieder nach Hause zu kommen. Alles war vertraut. Kris kannte das Knarren jeder einzelnen Planke. Der Bewegungsmelder ließ die Außenbeleuchtung anspringen. Als Kris den Schlüssel in das Kajütschloss steckte, wollte er rufen: „Hi, Aki, bin zurück.“ Er biss sich auf die Lippen.

Hatte er das jetzt laut gesagt?

Hatte er nicht. Kein Wort war über seine Lippen gekommen.

Psychose: Sprunghafte Gedanken, Realitätsverlust, Stimmen.

Ihm wurde schwindelig.

„Leg einen Zahn zu!“, beschwerte sich Jon. Über dem Wasser trug seine Stimme weit. Auch das war seltsam vertraut. Wie deutlich sich jedes noch so kleine Geräusch in den Vordergrund drängte in einer Umgebung, in der es keinen Lärm gab. Ein Fisch, der aus dem Wasser sprang und zurückplatschte. Irgendwo das Quaken eines Frosches. Und ein Motorrad, das weit weg jaulend über die Gosener Landstraße heizte.

Er stieß die Tür auf. Val machte Licht. Alles sah aus wie immer. Bis auf den ungewohnt aufgeräumten Arbeitstisch.

Kris setzte sich auf das Schlafsofa. Er war wie betäubt.

Das hier war der schlimmste Moment seit dem Überfall. Diese Vertrautheit, die gleichzeitig nichts war als ein leerer Raum. Ohne Sinn. Ohne irgendetwas, das ihn noch mit diesem Ort verband.

Typische Symptome einer psychotischen Störung: innere Unruhe, Aufgewühltheit, sogar Angst und Panik.

Angst und Panik. Ja, das traf es ziemlich genau.

„All right. Lasst uns logisch denken“, machte Val sich bemerkbar. Sie guckte zur Decke. „Wo war diese Kamera, Kris?“

Er zeigte ihnen die Stelle. „360-Grad-Optik. Das Ding konnte rundum alles aufnehmen.“

„Hm“, machte Val.

„Die andere war draußen unter dem Kajütdach.“

„Hm, hm.“

Jon wechselte einen Blick mit Kris. Sie hatten beide keine Ahnung, worauf Val aus war, als sie schnurstracks zu Akis winzigem Schlafzimmer ging. „Wie war das noch mal – dahinter ist der Tank?“

„Die Trink- und Brauchwasserversorgung“, nickte Kris.

„Aki konnte in ihrem Schlafzimmer von der Kamera an der Kajütdecke nicht beobachtet werden.“ Val knipste die Nachttischlampe an und legte sich auf Akis Bett. „Ich frage mich, ob wir was übersehen haben …“

Jon lachte auf. „Du meinst, hier war ein durchgeknallter Spanner am Werk, der eine super geheime Kamera angebracht hat?“

Auf dem Rücken liegend wanderten Vals Augen durch den Raum. Mit einem Mal war es so still auf der *Susanna*, dass Kris das Sirren einer Mücke hören konnte.

Nach einer Weile stand Val auf. „Darf ich?“ Sie durchsuchte Akis Nachtkästchen, den Einbauschrank, wühlte sich durch Klamotten und Sportausrüstung.

„Es muss hier noch eine Kamera geben“, flüsterte sie. „Strengt eure Guckerchen an, Jungs.“

„Warum denn?“, begehrte Jon auf.

Kris schüttelte den Kopf. „Val, glaub mir …“

„Hast du hier gesucht?“

„Habe ich nicht. Aber die Polizei …“

„Vertrau mir! Hier ist noch eine Kamera, und das Loch, aus dem das Schnüffelauge Aki observiert hat, kann winziger sein als die beiden Teile, die du abmontiert hast, Kris.“

„Wie kommst du …“, protestierte Kris, aber Val schnitt ihm das Wort ab.

„Sucht!“

Zehn Minuten später glitt Jons Hand über die Türfüllung zwischen Akis Schlafzimmer und dem Technikraum.

Jemand hatte ein Loch von der Größe einer Zwei-Euro-Münze aus dem Türrahmen geschnitten, und zwar genau auf der oberen Kante. Groß genug für eine Kameralinse. Vals schlanke Finger tasteten über die Schnittränder.

„Dahinter muss der Hohlraum größer sein“, wisperte sie. „Wahrscheinlich sitzt dort auch der Sender. Hast du Werkzeug hier, Kris?“

Kris holte den Werkzeugkasten aus dem Kajütschrank. Wenig später lagen Linse und Sender auf Vals Handfläche.

„Seht euch das an. Ich hab’s geahnt. Das Ding hatte auch noch eine Verbindung zum Netz. Habt ihr die Kontrollleuchte gesehen?“

Jon und Kris nickten.

„Das heißt, wir sollten uns auf die Socken machen."

„Warum?" Jon starrte sie an.

„Weil die jetzt wissen, dass wir hier sind!" Kris nahm Kamera und Sender in die Hand. „Dieser Spion hier muss seine Daten ja irgendwohin gesendet haben." Nach und nach dämmerte ihm, worauf das alles hinauslaufen würde. Er sah in Vals schräg stehende, graue Augen. Val hielt seinem Blick stand.

Einer schwor Stein und Bein, im Rauchmelder wäre ein Kameraauge, das ihn Tag und Nacht kontrolliert.

„Sie haben Aki gefilmt", sagte Kris langsam.

„Das können wir jetzt mit Sicherheit annehmen", ließ Jon einen Kommentar ab.

Kris' Blick war ganz in Vals Augen versunken. Er dachte so glasklar wie seit Langem nicht mehr. „Jemand wollte Aki filmen, wie sie sich verändert. Von einer lebenslustigen Frau voller Tatendrang zu …"

„… einem leblosen Zombie", bestätigte Val. „Biochemische Manipulation."

Kris biss sich auf die Lippen, bis er Blut schmeckte.

Val sagte: „Aki ist eine Testperson. Eine, die nichts davon weiß. Nicht wie Cäsar, der sich immerhin freiwillig gemeldet hat. Sondern eine wie die Afrikaner, die in ihrem Dorf Medikamente eingenommen haben, ohne zu wissen, was sie da schlucken!"

„Da waren nirgendwo Medikamente", wehrte sich Kris. „Ich habe den Dreck von zwei Wochen weggeputzt. Da hätte ich was finden müssen!" Er schob Kamera und Sender in die Hosentasche.

„Dann waren es eben keine Tabletten."

„Was sonst? Spritzen?" Kris schüttelte den Kopf. „Ausgeschlossen!"

Sie schwiegen eine Weile.

„Tropfen", sagte Jon schließlich. „Im Trinkwasser."

Drei Augenpaare wandten sich dem kleinen Raum hinter Akis Schlafzimmer zu. Zu dritt passten sie kaum in das Kabäuschen. Kris öffnete das Ventil am Tank. Jon brachte ein Schraubglas aus der Kombüse. Die Flüssigkeit rann klar und geruchlos hinein.

„Sieht aus wie normales Wasser", sagte Kris. Er hatte Durst. Und er hatte Angst. Angst vor dem Wasser.

„Wir müssen die Probe untersuchen lassen. Und jetzt nichts wie weg!", sagte Val.

Plötzlich hatten sie es höllisch eilig. Furcht kroch durch die Ritzen zwischen den Bodenplanken. Jedes leise Knarren des Bootes wurde mit einem Mal bedeutsam.

Jon und Val rannten bereits das Fallreep hinunter. Er folgte ihnen. Es war so dunkel, dass er die Holzplanken kaum sehen konnte. Dann stand er auf festem Grund.

„Und jetzt?" Vals Stimme bebte.

„Lass uns bis zur Gosener Landstraße laufen und trampen", schlug Kris vor.

Er hatte das schon ein paarmal gemacht. Da kamen wenigstens ab und zu Autos entlang. Allerdings kaum nachts.

Hintereinander her stolpernd gelangten sie zum Radweg.

„Seid mal still!", zischte Val.

Sie blieben stehen und lauschten. Im Unterholz knackte es.

Sie hörten den Ruf eines Nachtvogels. Sonst schien alles völlig ruhig.

Sie hasteten den Weg entlang und hörten wenige Minuten später ein Auto auf der Gosener Landstraße vorüberfahren.

Kris hatte den unbestimmten Eindruck, dass jemand in ihrer Nähe war. Jemand, der sich nicht zu erkennen gab, aber genau wusste, dass sie, Kris, Val und Jon, hier durch die Dunkelheit geisterten und dass ihnen vor lauter Bammel der Hintern aus der Hose hing.

Einige haben das Gefühl, dass ständig jemand hinter ihnen her ist.

Es ist niemand hinter uns her, dachte Kris.

Und wenn doch? Die wissen doch, dass wir auf dem Boot waren.

Ist nicht gesagt. Wir haben einen Vorsprung.

Warum ist Val dann so still? Und Jon auch?

Sie konzentrierten sich auf den Weg.

Und die Kamera? Die hatte ja noch eine Verbindung, oder nicht?

„Scheiße, verdammte!", schrie Kris und presste die Hände auf die Ohren.

„He, Kumpel, immer sachte." Erschrocken packte Jon ihn am Arm.

„Sorry. Ich … hab mich erschreckt." Kris rang nach Luft. Ich darf mich jetzt nicht verrückt machen, dachte er. Komisch, dass er früher hier draußen nie Angst gehabt hatte. Obwohl die Gegend einsam lag und der Forst und die vielen Wasserarme auf der anderen Seite des Kanals eine Welt für sich waren. Eine Welt voller eigenartiger Geräusche und tiefer, grüner Dunkelheit.

„Wir sind gleich da. Da oben ist die Straße."

Auf allen vieren robbten sie die Böschung zur Landstraße hoch.

„Leute, Rettung naht!“, keuchte Jon. „Da kommt ein Wagen.

Ein Mercedes kam langsam die Landstraße heran. Jon richtete sich auf.

„Warte!“ Kris griff nach Jons Arm. Irgendwas war hier faul. Das spürte er. Seine Nackenhaare stellten sich auf.

Lautlos glitt das Beifahrerfenster herunter. Zwei undeutliche Gestalten im Wagen.

„Wo soll’s denn hingehen?“

„Berlin. So weit nach Mitte wie möglich“, antwortete Val.

Er kam Kris irgendwie bekannt vor.

„Da stimmt was nicht“, wisperte er. „Das sieht ja aus, als hätten die auf uns gewartet.“

Der Mann stieg aus. Er trug ein Shirt mit dem Aufdruck „University of Virginia“. Kris prallte zurück.

„Lauft!“, brüllte er. Er drehte sich um und jagte in den Forst.

Rennen. Nur rennen. Trau keinem.

Er hörte jemanden fluchen und Füße, die in alle möglichen Richtungen rannten. Danach war alles still.

Kris schlug das Herz bis zum Hals. Vielleicht hatten sie die *Susanna* die ganze Zeit unter Beobachtung gehabt. Nicht nur per Kamera. Sondern aus der Nähe. Wie kamen die sonst so schnell hierher?

Bis nach Müggelheim, dem nächsten Ort, waren es knapp drei Kilometer. Auf der Straße. Quer durch den Forst, wo Kris jetzt Haken schlug wie ein Hase, war es weiter.

Val. Jon. Verdammt. Wieder hatte er jemanden im Stich gelassen. Irgendwie wurde das zur Gewohnheit. Kris bog vom Radweg ab und rannte quer durch das Unterholz.

Der Typ hatte ihn spätestens seit seinem Treffen mit Cäsar observiert. Womöglich länger.

Folgte ihm jemand?

Heftig atmend blieb Kris einen Moment stehen. Er lehnte sich gegen einen Baumstamm, unterdrückte so gut es ging seinen rasenden Atem.

Sie waren drei. Die anderen waren zwei. Einer von ihnen würde wahrscheinlich durchkommen: Val, Jon – oder er selbst.

Kris wartete, bis sein Atem sich beruhigte. Anschließend ging er weiter. Mit eingezogenem Kopf. Gespitzten Ohren.

Er hielt sich so nahe an der Straße, wie er es gerade noch wagte, um die Richtung nicht zu verlieren. Ab und zu fuhr ein Auto vorbei.

Vielleicht habe ich mir wieder alles nur eingebildet.

Kris lauschte angestrengt. Aber außer dem Knacken von Zweigen im Gebüsch und dem vereinzelten Rascheln eines Tiers drang kein Geräusch an sein Ohr.

Ob sie Val und Jon hatten?

Kris' Handy klingelte. Er erschrak so heftig, dass er zu zittern begann.

„Hallo?", flüsterte er.

„Ralph Lasky hier. Sag mal, wo steckt ihr? Jon geht gar nicht an sein Telefon."

„Herr Lasky." Kris rang nach Luft. „Es ist was Krasses passiert."

Er schilderte so knapp er konnte, was los war.

„Ihr habt sie ja nicht mehr alle! Bleib, wo du bist. Ich komme!"

Kris drückte sich in Müggelheim herum. Aus Angst, seine Verfolger würden ihn auf der hell erleuchteten Durchgangsstaße entdecken, hockte er sich schließlich in die Schatten hinter der öffentlichen Toilette, wo er sich größte Mühe gab, den Gestank zu ignorieren. Er sollte Val anrufen. Oder Jon.

Aber das konnte das Dämlichste sein, was er je getan hatte. Vielleicht klebten ihnen die Kerle noch an den Fersen. Schöner Mist, wenn ein klingelndes Handy sie verraten würde.

Während er noch darüber brütete, was er tun sollte, läutete das Telefon in seiner Hand.

„Ja?“

„Ich bin’s.“

„Mensch, Val, wo steckst du?“

„Und du? Und Jon?“

„Ich bin in Müggelheim am Klohäuschen. Herr Lasky ist unterwegs hierher. Ist bei dir alles okay?“

„Im grünen Bereich.“

„Wo bist du?“

„Irgendwo in diesem bescheuerten Wald. Ich habe die Typen abgehängt."

„Beschreib mal, was du siehst", forderte Kris sie auf.

„Wasser. Überall Bäume dicht am Ufer. Ansonsten Dunkelheit."

„Wie breit ist das Wasser? So wie der Gosener Kanal?"

„Breiter. Enorm viel breiter. Vorhin bin ich an einer Sandgrube vorbeigekommen."

„Das muss die Große Krampe sein. Wir holen dich ab, Val." Das Display von Kris' Handy blinkte. „Es kommt noch ein Anruf. Es ist Herr Lasky. Ich melde mich bei dir."

„Himmel, wo steckst du?", bellte Herr Lasky in die Leitung. „Ich kurve durch das ganze Kaff …"

„Hinter dem Klohäuschen." Kris lachte vor Erleichterung.

„Schwing dich auf zum Müggelheimer Damm, ich sammle dich dort ein."

Wenige Minuten später saß Kris neben Herrn Lasky in einem mit Papieren, Magazinen und Zeitungen vollgestopften alten Saab.

„Jon hat sein Handy wieder angeschaltet", sagte Herr Lasky. „Er wartet in der Nähe von eurem Boot auf uns. Aber jetzt sammeln wir erst mal Val ein."

Ohne große Mühe fand Kris das Sträßchen, das an der Försterei vorbei immer an der Großen Krampe entlangführte. Es war schmal, die Bäume standen dicht an dicht. Langsam tastete sich der Wagen vorwärts.

„Halt die Augen offen!" Konzentriert blickte Herr Lasky auf die Straße. Seine Hände hielten das Steuer fest umklammert. Im fahlen Licht des Armaturenbrettes sah Kris seine Kiefermuskeln spielen.

Plötzlich hüpfte jemand in den Kegel der Scheinwerfer. Jemand, der sich schützend eine Hand vor die Augen hielt. Jons Vater trat auf die Bremse. Val riss die Wagentür auf. „Verdammte Axt, was für ein Stress!“

Kris hätte sie am liebsten umarmt, aber sie stieg hinten ein, keine Chance.

„Wisst ihr, wo Jon festsitzt?“, fragte sie sofort.

„Nicht weit von der *Susanna*.“ Typisch, dass sie sich als Erstes nach Jon erkundigte.

„Hilf mir, Kris!“, unterbrach Herr Lasky. „Wie kommen wir da am schnellsten hin?“ Er fuhr ein Stück rückwärts, bis er an einer breiteren Stelle wenden konnte.

„Zurück zur Landstraße“, schlug Kris vor. „Wie hast du sie abgehängt, Val?“

„Frag nicht. Ich weiß es nämlich nicht. Wahrscheinlich war ich einfach schneller als der Kerl, der hinter mir her war.“

Sie schwiegen. Kaum auf der Landstraße, gab Herr Lasky Gas. Kurz darauf bogen sie links ab und kurvten erneut über Forstwege. Kris rief Jon an:

„Kannst du uns beschreiben, wo du bist?“

„Ich glaube, es ist der Weg, den wir mit Gerd gekommen sind“, kam es von Jon. „Macht schnell. Der Mercedes ist noch in der Nähe.“

„Fuck!“

„Was?“, fragte Herr Lasky scharf.

„Jon meint, die Kerle haben die Suche noch nicht aufgegeben.“

„Verdammt!“

„Wir müssen Ihnen einiges erklären, Herr Lasky“, kam Vals Stimme von hinten.

„Das vermute ich auch“, antwortete Jons Vater sarkastisch. „Möglichst vollständig, wenn ich bitten darf. Aber lasst uns zuerst Jon finden.“

In der nächsten Viertelstunde fühlte sich Kris so hilflos wie kaum je in seinem Leben. Sie fuhren die Forstwege ab, ohne eine Spur von seinem Kumpel zu sehen. Immer wieder rief er Jon an und ließ sich durchgeben, ob er sie hörte. Aber Jon war am Durchdrehen, weil jedes Motorengeräusch bedeuten konnte, dass sich der Mercedes der Wahnsinnsknaben näherte. Kris' Kehle wurde immer trockener. Wenn Zweige das Auto streiften, kam es ihm vor, als griffen Hände nach ihnen. Ein Fuchs sprintete vor ihnen über den Weg und seine phosphoreszierenden Augen, mit denen er für Bruchteile von Sekunden in die Scheinwerfer starrte, sahen ausgerechnet Kris an. Voller Vorwürfe und voller Drohungen.

„Das bringt nichts!“ Herr Lasky hielt an. „Wir schwärmen aus.“

Kris sackte alles Blut in den Magen. Noch einmal in der Dunkelheit zwischen Bäumen umherzuirren, hatte er nicht die geringste Lust.

Herr Lasky stellte den Motor ab und stieg aus. „Jon?“, rief er. „Jon?“

Seine Stimme klang gespenstisch in der Stille. Aber er wollte vor Jons Vater nicht als Warmduscher dastehen. Und noch weniger vor Val. Also stieg er aus dem Wagen. Aber als er nach Jon rufen wollte, versagte seine Stimme.

Stattdessen glaubte er, jemand riefe nach ihm.

Kris wirbelte um die eigene Achse.

Das Hören von Stimmen ist eines der klassischen Symptome einer Psychose.

Kris presste beide Hände auf die Ohren. Es gab eine Stimme, die er nicht ausblenden konnte. Seine eigene, frustrierte, vorwurfsvolle Stimme, die ihm eingab, dass er, Kris Roloff, seine Freunde in diese gestörte Situation gebracht hatte, und dass er jetzt keine Chance mehr hatte, sie da wieder rauszuhauen.

„Na endlich! Mann, das wurde aber auch echt Zeit!“ Jon brach direkt vor Kris aus dem Dickicht. In seinem Haar steckte eine Ranke und sein T-Shirt war über und über bestückt mit Kletten.

„Hi, Kumpel!“, sagte Kris matt. Vor Erleichterung war ihm fast schlecht. Er hob die rechte Hand.

Sie schlugen einander ab.

„Jon! Bist du okay?“ Herr Lasky packte seinen Sohn an den Schultern.

„Alles im Lot. Aber diese Typen waren echt unheimlich.“

„Na gut. Dann, fürchte ich, kommt jetzt der ungemütliche Teil der Nacht“, erklärte Herr Lasky grimmig.

Jons Vater parkte den Wagen vor einem Imbiss in Neukölln.

„Kommt. Wir essen hier was. Ich will die Geschichte von Anfang bis Ende hören."

Mit gemischten Gefühlen folgten Kris, Jon und Val Herrn Lasky ins „Bosporus". Er bestellte Döner für alle und ein Bier für sich. Val wollte auch eins, Kris und Jon entschieden sich für ein Coke.

„Also?"

Kris räusperte sich. So knapp und genau wie möglich schilderte er den vergangenen Abend. Val ergänzte alles über ihre Recherchen und die Medikamententests. Kris war aufgewühlt und zappelig. Am liebsten hätte er Val nach jedem Satz unterbrochen. Jon saß still daneben. Er hatte zwei breite Kratzer im Gesicht und zupfte geistesabwesend Kletten von seinen Klamotten.

„Einen von den Mercedes-Typen habe ich gesehen, als ich mich mit Cäsar getroffen habe", sagte Kris. „Der hat sogar ein Foto von Cäsar und mir gemacht."

„Tja, sieht so aus, als hättet ihr euch auf einen Feind eingeschossen, der ein paar Nummern zu groß ist", bemerkte Jons Vater.

„Wissen Sie etwas darüber?“, fragte Kris. Sie bekamen ihr Essen. Kris glaubte, er würde nichts runterkriegen, aber dann biss er ein paarmal ab, und der Döner war weg.

„Ich bin seit Monaten an einer Geschichte dran. Eine kritische Angelegenheit. Sehr sensibel. Ich hatte nicht vor, darüber zu sprechen. Aber nun sieht die Sache ein bisschen anders aus. Ihr seid in einen riesigen Fettnapf getreten.“

„Warum?“ Kris’ Körper vibrierte.

„Ich bin einer großen Sache auf der Spur. Seit den Aufständen und Bürgerkriegen in den arabischen Ländern gibt es Hinweise darauf, dass Regierungen sogenannte Calmative einsetzen, um Menschenansammlungen, sagen wir mal, zu beruhigen. Eigentlich geht es darum, die Leute kaltzustellen. Calmative sind Drogen, die Schlaf auslösen oder das Bewusstsein verändern. Gerüchten zufolge sollen solche Substanzen bei Demonstrationen anlässlich des Weltwirtschaftsforums getestet worden sein.“

„Krass“, sagte Val. Sie hörte mit großen Augen zu.

„Einige Staaten wissen nicht mehr, wie sie ihren zornigen Bürgern Einhalt gebieten können. Möglicherweise greifen sie auf sogenannte nicht-tödliche Waffen zurück. Sie beruhigen die Aufständischen und bekommen die Lage wieder in den Griff. Dabei bleiben die alten Eliten an der Macht, versorgen ihre Günstlinge weiter mit Privilegien und beuten ihre Völker fröhlich aus.“ Er schob seinen Teller weg und nahm einen großen Schluck Bier. „Bewiesen ist aber nichts. Es gibt ein paar zivile Organisationen, die herauszufinden versuchen, wie viel dran ist an den Gerüchten. Was wir definitiv wissen: Die Pläne existieren. Die technischen und pharmazeutischen

Möglichkeiten auch. Was wir nicht wissen, ist, ob jemals schon Calmative gegen Demonstranten eingesetzt wurden."

„Doch, so was Ähnliches, in Moskau, in einer Musicalaufführung!", rief Jon.

„Genau. Darüber habe ich geschrieben. Tschetschenische Kämpfer haben 2002 das Moskauer Dubrowka-Theater in ihre Gewalt gebracht und die Zuschauer und Schauspieler als Geiseln genommen. Nach Tagen hat die russische Miliz Giftgas über die Lüftung ins Theater eingeleitet. Die Menschen wurden bewusstlos. Spezialeinheiten stürmten das Theater. Die Geiselnehmer wurden mit Kopfschuss getötet."

„Brutal!", kam es von Val. „Aber vermutlich war es die einzige Chance, die Gangster daran zu hindern, ihre Bomben hochgehen zu lassen?"

„Das ist die offizielle Version", bestätigte Herr Lasky. „Hätten die Kämpfer mitbekommen, dass das Gebäude gestürmt wird, wären sie wahrscheinlich imstande gewesen, ihren Sprengstoff zu zünden und Hunderte Unschuldige mit in den Tod zu reißen."

„Und die Geiseln?", fragte Kris.

„Das Gas hatte Nebenwirkungen. Viele von den befreiten Geiseln kämpfen mit gesundheitlichen Problemen. Über 100 sind an dem Gas gestorben."

„Musst du deshalb demnächst nach Russland? Um mehr über die Opfer rauszufinden?", fragte Jon.

„Ich will wissen, wer diese Calmative entwickelt, wer sie in Auftrag gibt, sie schließlich kauft und in wessen Namen. Eine der Spuren führt nach Russland."

„Regierungen vielleicht", meldete Val sich zu Wort.

„Das ist anzunehmen, aber natürlich geht kein Regierungschef ins Internet und bestellt per Mausklick ein paar Hektoliter irgendeiner psychoaktiven Substanz. Solche Geschäfte werden im Schatten abgewickelt. Medien und Menschenrechtsorganisationen könnten Wind davon bekommen. Wir haben es mit einer höchst zweifelhaften Sache zu tun: Mag sein, dass die Polizei bei außerordentlichen Gewaltverbrechen so vorgehen muss, um Unschuldige zu schützen. Wie damals in Moskau. Aber das wahre Anwendungsgebiet solcher nicht-tödlichen Waffen liegt woanders."

Kris trank seine Cola aus. „Sie meinen, in Ländern, wo es mit den Menschenrechten sowieso nicht weit her ist?"

„Jep!" Herr Lasky nickte. „Mal was vom Age of Chaos gehört?"

„Habe ich!" Jons Hand schnellte hoch. „Wir befinden uns an der Schwelle zu einem Zeitalter von Konflikten und Kriegen, in denen die Fronten verschwimmen. Nicht eine Armee gegen eine andere Armee, sondern Terroristen gegen Staaten, Staaten gegen Bürger, Diktatoren gegen Völker, Warlords gegen Zivilisten."

„Richtig, Jon. Nur: Die Schwelle haben wir längst überschritten. Kriege werden medial ausgeschlachtet. Im Fernsehen und Internet bist du live dabei, wenn ein amerikanischer Kampfjet in Libyen abstürzt. Über Facebook und Twitter kann sich jeder mit Demonstranten in anderen Ländern vernetzen und an vorderster Front mitkriegen, was los ist. Meistens bleibt allein militärische Gewalt, um solche Konflikte unter den Teppich zu kehren. Weil den Despoten der Wille fehlt, Macht abzugeben."

„Nicht-tödliche Waffen", murmelte Kris. „Das klingt so harmlos."

„Was es natürlich nicht ist!“ Herr Lasky sah ein paar Sekunden angespannt durch das Fenster auf die Straße hinaus. „Wer die Substanzen abbekommt, schläft ja nicht einfach ein und wacht nach drei Stunden relaxt wieder auf. Stellt euch eine Demo mit Zehntausenden Leuten vor: Das erste Problem besteht darin, wie man ihnen die Droge verabreicht. Es gibt folgende Möglichkeiten.“ Jons Vater zählte sie an den Fingern ab. „Über die Haut und die Atemwege. Das Zeug muss also versprüht werden, zum Beispiel aus Flugzeugen, und zwar in hohen Dosen, damit auch wirklich genug davon dort ankommt, wo es hin soll.“

„Dabei weht die Hälfte in eine andere Richtung und manipuliert unbeteiligte Leute!“, wandte Jon ein.

„Kann passieren. Es gibt weiterhin Sprühsysteme am Boden, die funktionieren ähnlich wie ein Nasenspray. Das Mittel wird ausgesprüht und von den Demonstranten eingeatmet. Die Trinkwasserversorgung ist ebenfalls anfällig. Außerdem arbeiten die Labore an Gummigeschossen, die mit der Droge gefüllt sind. Bei einem Aufstand könnte entweder wahllos in die Menge geschossen werden, oder aber die Armee sucht sich gezielt Leute aus, die an zentralen Stellen die Demonstranten aufstacheln.“

„Was sind das für Drogen?“, fragte Kris.

„Opiate, Valium. Drogen, die beruhigen, die Aktivitäten des Zentralnervensystems verlangsamen und erst mal die Tatkraft der Demonstranten ausschalten. Außerdem habe ich von Substanzen erfahren, die Panik auslösen.“

„Das wäre ja kontraproduktiv“, meinte Kris. „Ein Aufstand würde dadurch bloß noch unkontrollierbarer!“

„Die Militärs spekulieren darauf, dass sich die Masse selbst in Gefahr bringt“, hielt Val dagegen. „Wenn diejenigen, die zu Hause geblieben sind, im Fernsehen zuschauen, wie die Leute sich gegenseitig tottrampeln, haben sie viel zu viel Angst, auch auf die Straße zu gehen.“

„Es steht außer Frage“, bestätigte Herr Lasky, „dass die biochemischen Mittel existieren, um Menschen für kurze Zeit erblinden oder sie starke Schmerzen fühlen zu lassen, obwohl sie keine Verletzungen haben. Man kann Erbrechen oder Erstickungsgefühle auszulösen, aber genauso Lethargie, entsetzliche Müdigkeit oder sogar Glücksgefühle.“

„Damit sie sich plötzlich nicht mehr erinnern, warum sie eigentlich demonstrieren?“, fragte Val.

„So eine Art lustiges Bekifftsein?“, kam es von Jon.

„Herr Lasky“, krächzte Kris, „forscht Glinka InterLabs an nichttödlichen Waffen?“

„Oder vielleicht Volan-Chem?“, fragte Jon begierig.

„Wir haben herausgefunden, dass Glinkas Labor vorwiegend testet, wie Psychopharmaka auf Kinder wirken.“ Val trank ihr Bier aus.

„Offiziell ja, aber ich habe Glinkas Forschungslabor durchleuchtet.“ Herr Lasky sah von einem zum anderen. „Doch alles, was ich offenlegen konnte, war, dass sie bisher die meisten Tests an Versuchspersonen in Russland durchführten.“

„Deswegen willst du dorthin!“ Jon schlug sich mit der flachen Hand an die Stirn.

„Glinkas russische Teilhaber führten in der Provinz nahe des Ural eine illegale Forschungsklinik. Sie bezahlten ein paar Psychiater dafür, dass sie ihren an und für sich gesunden Patienten eine üble Diagnose stellten. Die Patienten waren schockiert, ließen sich in die Klinik einweisen und wurden ungewollt zu Testpersonen."

„Hat den Fake denn keiner gemerkt?"

„Wenn du erst mal den Stempel ‚Psychose' auf der Stirn hast, Val, wirst du den schlecht wieder los. Einem psychisch Kranken wird schnell das Recht auf Selbstbestimmung entzogen."

Kris wurde heiß. Er presste das Colaglas an seine Wange, um sich zu kühlen, aber selbst das Glas war warm. Psychose. Da war es, das schreckliche Wort. Stimmen hören, Bilder sehen, Leute aus Steckdosen reden hören. Die eigenen Gedanken beobachtet wissen.

„Also sind auch Psychodiagnosen so etwas wie Waffen", überlegte Val.

„Absolut. Allerdings ist Glinkas Spießgesellen in Russland der Boden unter den Füßen zu heiß geworden. Es wurden ein paar Gesetze verschärft, und Leute aus der Gegend der Forschungsklinik, die was von der Materie verstehen, haben internationale Spezialisten angespitzt. Der Verdacht kam auf, dass illegale Sachen laufen. Das Thema kochte hoch, die Klinik musste schließen."

„Also haben Glinka und Co. jetzt keine Versuchskaninchen mehr?", fragte Kris. Seine Stimme hörte sich an wie das Krächzen einer Saatkrähe.

„Sie müssen sich anderswo welche suchen. In Russland sind sie nicht mehr willkommen, und dort war Glinkas wichtigstes Standbein."

„Versuchen sie es in Deutschland?", fragte Jon atemlos. „In Berlin?"

„Es gibt Indizien", nickte Herr Lasky, „dass sie ihre Strategie komplett umstellen. Keine offiziell angemeldete Klinik mehr. Alles spielt sich im Dunkeln ab. Die Versuchspersonen antworten nicht mehr auf Anzeigen, in denen nach Unterstützern der medizinischen Forschung gesucht wird. Stattdessen werden sie rekrutiert."

„Rekrutiert?", echoten Kris und Jon gleichzeitig.

„Obdachlose, die den Winter sonst nicht überstehen würden, finden sich in einem Schutzraum ein, werden nachts abtransportiert, angeblich in eine bessere Unterkunft …"

„Das ist grauenvoll!" Val hielt es fast nicht mehr auf dem Stuhl. „Aber was ist mit Volan-Chem?"

„Es gibt eine starke Verbindung zwischen dem Chemiekonzern und dem Forschungslabor von Joseph Glinka", bestätigte Herr Lasky. „Allerdings hat Volan-Chem sich nach dem Riesenskandal in mehrere kleine Firmen aufgespalten, mit neuen Namen und ziemlich offensivem Marketing. Vermutlich wäscht hier eine Hand die andere. Bloß: so ein Geschäft ziehen die nicht alleine auf. Das ist vollkommen unwahrscheinlich."

„Lobbyarbeit?", fragte Val.

„Exakt."

„Wovon redet ihr?", fragte Kris genervt. Irgendwie kam er nicht mehr richtig mit.

„Um solche Drogen zu entwickeln, brauchst du High-Tech-Labore, hochspezialisierte Wissenschaftler und eine Menge Geld. In den USA etwa gibt es entsprechend ausgestattete Laboratorien und sogenannte Verteidigungsfirmen, die den Militärs zuarbeiten", erklärte Herr Lasky.

„Eins verstehe ich nicht“, schaltete Jon sich ein. „Wenn die einfach an Obdachlosen irgendwas testen – das sind meistens ziemlich kaputte Typen. Vom Leben auf der Straße ausgelutscht, unterschiedlich alt, oft krank …“

„Das sind die besten Versuchspersonen, Jon“, belehrte ihn Val, die längst einen Schritt weiter war. „Bei Aufständen hast du auch eine kunterbunte Menschenmasse. Alte, Junge, Kinder, Kranke, Gesunde, Vitale, Epileptiker, Diabetiker …“

Jons Vater nickte. „Diese Riesenlaboratorien in den USA, Russland, vielleicht auch in China, die brauchen was zu tun. Versteht ihr? Sie werden mit Geld quasi zugeschissen. Da arbeiten hochqualifizierte Leute, die keine Lust haben, Däumchen zu drehen.“

„Wie Ellen!“, kam es von Kris.

„Ellen?“, fragte Herr Lasky.

Kris, Jon und Val sahen einander ratlos an, bis Kris sich aufraffte und Herrn Lasky von Ellen erzählte. Er endete mit den Hinweisen, die Cäsar ihm zugesteckt hatte. Stumm legte er die Kamera aus Akis Zimmer auf den Tisch.

„Herr Lasky“, meldete Val sich zu Wort, „wir haben auf der *Susanna* eine Trinkwasserprobe genommen. Wenn wir auf der richtigen Spur sind und Aki als unfreiwillige Testperson missbraucht wurde, können wir vielleicht dort eine Spur finden.“ Sie zog das Schraubglas aus ihrer Tasche.

„Sieht aus wie normales Wasser“, murmelte Herr Lasky, während er das Glas gegen das Licht hielt.

„Dad, es gibt diese Verbindung zu Glinka. Ellen arbeitet dort“, schaltete Jon sich ein.

Sein Vater zückte seine Brieftasche. „Ihr haltet euch ab jetzt im Hintergrund. Keine Aktionen mehr. Klar?“

„Und meine Schwester?“

„Kris, ich habe noch keine Beweise. Alles, was wir jetzt besprochen haben, beruht auf Hinweisen, monatelangen Recherchen und Andeutungen. Nichts, was für die Polizei verwertbar wäre.“

„Sie können der Polizei Ihre Informationen gar nicht zuschanzen!“, warf Val angriffslustig ein. „Sobald die Kripo ernsthaft anfängt zu ermitteln, sind Ihre mühsam aufgebauten Kontakte dahin. Niemand aus dem Labormilieu wird mehr mit Ihnen reden.“

„Eben, deshalb kann ich nicht einfach irgendeinen x-beliebigen Beamten mit meinen Infos konfrontieren!“ Herr Lasky stand auf. „Es bleibt dabei: Ihr haltet euch im Hintergrund. Ist das angekommen?“

Sie nickten. Kris wagte einen Blick in Vals Augen, und was er darin sah, ängstigte und ermutigte ihn zugleich. Val würde nicht klein beigeben.

DONNERSTAG

Kris blinzelte. Wider Erwarten hatte er geschlafen wie ein Stein. Die Sonne schien warm ins Zimmer. Staubkörnchen tanzten in der Luft. Im Hinterhof tobten Kinder herum, ein Wagen hielt, und als die Tür geöffnet wurde, hörte Kris Musik aus dem Radio. Ein normaler Sommertag in einer großen Stadt.

Was ihn geweckt hatte, klang allerdings nicht erfreulich. Drüben in der Küche diskutierten Jon und Val. Ihre Stimmen hörten sich nicht besonders fröhlich an. Kris richtete sich auf. Nachdem Herr Lasky Val gestern Nacht zu Hause abgesetzt hatte, waren sie hergekommen und sofort in die Betten gefallen. Jons Vater schien allerdings schon wieder weg zu sein.

Kris sah auf die Uhr. Halb elf! Er lauschte angestrengt.

„Warum nicht?“, hörte er Val fragen. Sie klang extrem genervt.

„Weil es meinem Vater gegenüber unfair ist! Er hat uns gebeten, die Klappe zu halten. Und wir haben es versprochen. Schon vergessen?“

„Jon, ich will kein Versprechen brechen. Ich checke meine Freunde in der neuen Facebook-Gruppe durch und sortiere aus, wer interessant ist und wer nicht.“

„Kapierst du es nicht, oder was?“ Jons Stimme überschlug sich. „Du hast keine Ahnung, wer hinter den Leuten steckt. Da kann jeder Knaller sich anmelden und dir vorgaukeln, er wäre ein Opfer biochemischer Manipulation.“

„Pass mal auf, Jon: Uns, also mir, Kris und dir vielleicht auch, sollte es um eine völlig andere Kiste gehen: um Aki! Sie ist seit über drei Tagen verschwunden. Vermutlich entführt. Und wir haben nun mal keine andere logische Erklärung, als dass ihr Abtauchen mit Medikamententests zu tun hat.“

„Oder Kris hat sich das alles eingebildet.“

„Bullshit! Hat er nicht!“

Kris richtete sich auf dem Sofa auf. Vor seinen Augen drehte sich alles. Sein bester Kumpel fiel ihm in den Rücken! Schlimmer konnte es nicht kommen.

„Er ist so komisch in letzter Zeit. Du pennst ja nicht hier. Aber ich höre ihn nachts Selbstgespräche führen. Manchmal lacht er im Schlaf. Das ist dermaßen unheimlich!“

„Pfff!“ Val zischte wie eine Dampflok. „Er hat wahrscheinlich Albträume. Die hätte ich auch an seiner Stelle.“

„Ist ja klar, dass du zu ihm hältst!“

„Du etwa nicht?“

„Doch, schon“, wand sich Jon.

Schleimer, dachte Kris.

„Ich habe bloß Bedenken, weil … na ja, die Recherchen, die mein Vater gemacht hat …“

„Dir geht es überhaupt nicht um deinen Vater oder seinen Journalistenjob! Du schiebst schlicht und einfach Panik!“

Ein heißes Gefühl schwappte durch Kris' Körper. Val hielt zu ihm, sie kämpfte für ihn. Das war mehr, als er verlangen konnte, so viel stand fest.

„Ich habe keine Angst, Val, aber wir können doch gar nichts machen. Glaubst du, Glinkas Typen, wenn sie das gestern Nacht waren, werden uns ab heute in Ruhe lassen? Wahrscheinlich observieren die uns sogar. Und dann stellst du auch noch ganz öffentlich ins Netz, wofür wir uns interessieren, und forderst Leute auf, sich zu melden! Auf diese Weise sind die Pharmaheinis doch bestens informiert über uns! Die lachen sich kaputt, weil sie sich gar nicht mehr anstrengen müssen, uns auf die Schliche zu kommen!"

„Quatsch keinen Mist!"

„Mensch, Val!" Jons Stimme wurde leiser und eindringlicher. Kris stand auf und tappte lautlos zur Tür. „Denk mal nach! Du warst auf Kris' Rechner. Hast dort irgendjemand anderen rumfuhrwerken sehen. Und bist ziemlich erschrocken, als du bemerkt hast, dass dieser andere mitbekommen hat, dass du auch da warst."

„Das sind virtuelle Schlachtfelder, Jon. Davon verstehst du nichts", entgegnete Val kühl.

„Dann erklär's mir!"

„Die wissen, dass *jemand* auf Kris' Platte war. Aber nicht, wer!"

„Das glaubst du ja wohl selbst nicht."

Kris hörte, wie ein Stuhl mit Elan gegen den Tisch geschoben wurde.

„Die Typen haben Kris' Rechner. Sie setzen einen Superexperten an den Kasten. Der kriegt in null Komma nix raus, zu welcher IP-Adresse deine Spur führt."

„So schlau bin ich schon, meine Spuren zu verwischen“, erwiderte Val, aber ihre Stimme klang um eine Nuance weniger selbstsicher.

„Ich glaub’s nicht! Du hast meinen Vater doch gehört! Leute, die solche Drogen entwickeln, müssen extrem vorsichtig operieren. Die lassen sich nicht von Valeska Gerber aus Friedrichshain aushebeln. Da müssen ganz andere kommen!“

Das würde schiefgehen. Kris ahnte den Wutausbruch voraus. Val hasste ihren vollen Namen. Valeska. Selbst in der Schule hatte sie durchgesetzt, dass die Lehrer sie Val nannten.

Er behielt recht. Sie explodierte.

„Ihr Jungs seid alle gleich! Zieht den Schwanz ein, wenn’s drauf ankommt. Aber ich halte zu Aki! Ich kann sie nicht im Stich lassen. Selbst, wenn ich Angst hätte. Aber ich habe keine Angst. Klar?“

Ihre Stimme kam gefährlich nahe. Mit einem Hechtsprung landete Kris auf dem Sofa und zog sich die Decke übers Gesicht.

„Jetzt warte doch mal!“ Jon schien endgültig alle Hoffnung aufgegeben zu haben, Val zurückzuhalten. Kris hörte schnelle Schritte, dann klappte die Wohnungstür.

Er gähnte laut und machte ein bisschen Lärm, bevor er auf den Flur trat. „Was’n los?“, spielte er den Langschläfer.

„Ach, nichts“, gab Jon zurück. Ohne Kris’ fragenden Blick zu erwidern, ging er schnurstracks in sein Zimmer und knallte die Tür zu. Kris starrte ein paar Sekunden auf das Beatsteaks-Poster vor seiner Nase, zuckte die Achseln und trabte ins Bad.

Unter der Dusche legte er sich seine Situation zurecht: Er konnte bei Jon bleiben, aber im Gegenzug musste er Val ausblenden. Wenn er sich mit Val solidarisierte, würde Jon ihn rausschmeißen. Allerdings gab es keinen anderen Ort, an den er gehen konnte. Allenfalls auf das Boot zurück. Kris ließ kaltes Wasser laufen und hielt die Dusche über seinen Kopf. Vielleicht wäre das sogar besonders schlau. Wahrscheinlich rechneten ihre Verfolger damit am allerwenigsten. Aber was sollte er weiter tun? Außerdem brauchte er die Unterstützung von Herrn Lasky, um bei der Polizei einen Fuß in der Tür zu haben.

Kris drehte das Wasser aus. Er kam immer mit allen gut aus. Selbst mit seinen Lehrern. Er ließ die anderen in Ruhe, und im Gegenzug ging niemand ihm auf den Geist. Letztlich hatte er was von einem Langweiler. Aber nun war alles anders. Zwar bedeutete die Freundschaft zu Jon ihm eine Menge, aber da war auch Val. Und Vals Solidarität beeindruckte ihn um einiges mehr als jedes noch so umsichtige Argument von Jon.

Ratlos zog Kris sich an. Aus Jons Zimmer hämmerte laute Musik. Die Beatsteaks, logisch.

Shut up, stand up. You drive me up the wall!

Na, klasse, dachte Kris und begutachtete den Inhalt des Kühlschranks. Ebbe.

I wanna go out and I need some air, dröhnte es durch die Wand.

Gute Idee. Frischluft konnte nie schaden. Kris schnappte sich sein Geld und das Handy und verließ die Wohnung.

Er ging zuerst zur Bäckerei, wo er gestern die Bagels geholt hatte, und kaufte sich zwei Wraps mit Thunfisch. Draußen setzte er sich auf die Stufen und aß. Heute war Donnerstag. Am Sonntag spät in der Nacht hatten Unbekannte die *Susanna* überfallen und Aki verschleppt. Seitdem hatte er eine ehrgeizige Chemikerin und einen durchgeknallten Blogger kennengelernt, sich mit Ralph Laskys Recherchethema auseinandergesetzt und nachts Selbstgespräche geführt. Jon hatte ihn gehört, aber nichts gesagt.

Akute psychotische Störungen treten häufig nach besonderen Belastungen auf. Der Überfall auf dem Boot und Akis Entführung waren eine besondere Belastung. Das stand außer Frage.

Das Krankheitsbild weist Symptome einer Schizophrenie, Angststörung, Manie oder Depression auf.

Kris zerknüllte das Wrap-Papier.

Die Patienten leiden an Stimmungsschwankungen, Aufgewühltheit, sogar Angst und Panik. Ihr eigener Zustand verwirrt sie.

Letzteres traf allerdings zu. Zu hundert Prozent. Kris war sich nicht sicher, ob das eigentlich Beängstigende draußen in der Welt passierte, wo des Nachts Typen mit University-of-Virginia-T-Shirts aus Luxusautos stiegen, oder vielleicht in ihm selbst. In seinem eigenen Inneren.

Menschen, die an einem Wahn leiden, sind unfähig, die Perspektive zu wechseln. Sie sehen die Welt und sich selbst in einer ganz einzigartigen Weise, die niemand sonst mit ihnen teilt.

Das hatte Ellen ihm gesagt.

Kris machte im Geiste eine Liste. Seine Verbündeten: Val, Jon, Herr Lasky. Hinter Jons Namen setzte er ein Fragezeichen.

Nun die Feinde: Ellen und die Kerle in der Limousine. Außerdem die Hintermänner, die sie geschickt hatten.

Cäsar? Ihn konnte Kris nicht einordnen.

Er war froh, als sein Handy klingelte. Wahrscheinlich hatte Jon sich beruhigt und wollte ein paar Dinge klarstellen.

Aber es war Val.

„He, Kris! Hast du Zeit? Komm zu Frances!“

Das ließ Kris sich nicht zweimal sagen. Wenig später war er dort. Val saß an einem PC weit hinten im Café und betrachtete den Bildschirm so konzentriert, dass sie Kris erst bemerkte, als er direkt neben ihr stand.

„Uups, hast du mich erschreckt!“

Kris hätte sie am liebsten umarmt.

„Was gibt’s?“, fragte er stattdessen. So sachlich wie möglich.

„Setz dich. Hat Jon was gesagt?“

„Nö. Was denn?“

„Wir haben uns gefetzt.“

Kris hatte den Eindruck, Vals Augen seien gerötet. Das lag wahrscheinlich daran, dass sie zu viel auf flimmernde Bildschirme starrte.

„Ich hab’s mitgekriegt“, gab er zu und zog sich einen Stuhl heran.

„Danke, dass du mir glaubst.“

Val gab ihm einen Kuss. Ganz kurz, auf die Wange. Kris schwebte für Bruchteile von Sekunden über dem Boden.

„Jon ist eine Memme“, sagte Val. „Vielleicht hat er recht und es ist riskant, mit dem Thema im Internet zu hausieren. Aber was sollen wir sonst tun?“

„Ich habe auch keine bessere Idee.“ Kris war bereit, jede Nacht vor Typen in T-Shirts zu fliehen, wenn Val mitmachte.

„Ziehen wir’s also durch?“, fragte Val. Ihre grauen Augen glänzten wie flüssiges Metall.

„Logisch!“

„Pass auf.“ Sie zeigte auf den Bildschirm. „Seit gestern sind über

100 Leute meiner neuen Facebook-Gruppe beigetreten. Irre, was? Ich habe mal grob sortiert, wer was taugt und wer nur rumspinnt. Einer schreibt, er hätte an einem Versuch teilgenommen. Er war in einer Kontrollgruppe, die Placebos bekommen haben anstelle des echten Mittels, und trotzdem litten sie an Nebenwirkungen. Manche bekamen sogar Depressionen."

„Abgefahren."

„Allerdings. Die Macht der Psyche. Ein anderer schreibt: ‚Medikamente sind eine gefährliche Manipulationsmöglichkeit, aber Psychotherapie ist auch nicht ohne. Im Gespräch kann der Therapeut dir eine Menge Müll einreden, der dir ständig im Kopf rumgeht, und nachher bist du kränker als vorher, obwohl du keine Mittel geschluckt hast.'"

„Klingt paradox."

„Ist es auch, Kris. Überleg mal: Für Tabletten machen die Chemietypen Tests ohne Ende. Aber Gesprächs- und Verhaltenstherapie und was weiß ich – das kannst du in der Wirkung gar nicht messen, geschweige denn testen."

„Du meinst, dass Medikamente harmloser sind?"

„Ich glaube einfach, sie sind rational zu beschreiben und die Nebenwirkungen sind auf wenige Fälle zu beschränken."

„Aber darum geht's uns ja nicht", wandte Kris ein. „Wir brauchen", er sah sich um und senkte die Stimme, „Informationen über Sachen, wie Herr Lasky sie gestern beschrieben hat. Biochemische Manipulation, Militärlabore."

Val machte ein paar Klicks. „Eben dazu hätte ich hier jemanden im Angebot."

Kris las die Nachricht.

Hi! Ich bin Isa und mache zurzeit ein Praktikum beim Radio. Ich habe Infos über das, was dich interessiert. Es gibt Hinweise, dass ein von Glinka InterLabs entwickeltes Medikament unfruchtbar macht.

„Du meinst …“

„Was ist? Treffen wir uns mit Isa?“

Na los, mach schon! Worauf wartest du?

Er hatte Akis Stimme gehört.

Kris fuhr herum. Frances’ Café war leer bis auf zwei Frauen mit H&M-Tüten neben sich, die Eiskaffee schlürften.

„Ist was?“, fragte Val.

Zu den typischen Symptomen einer Psychose gehört es, Geräusche und Stimmen zu hören, die eigentlich nicht sein können.

Er hörte Stimmen. Kris wurde heiß. Sollte er zum Arzt gehen, um herauszufinden, was mit ihm los war? Er ging nie zum Arzt.

Er ist so komisch in letzter Zeit. Ich höre ihn nachts Selbstgespräche führen. Manchmal lacht er im Schlaf. Das ist dermaßen unheimlich.

Jons Worte hallten in Kris’ Kopf wider.

Innerhalb von einer bis zwei Wochen, manchmal sogar binnen Tagen oder Stunden, wird ein bislang völlig unauffälliger Mensch psychotisch.

Verdammt, warum hatte er all das halbgare Zeug im Internet gelesen? Psychosen, Stimmenhören, Gequatsche aus Steckdosen, Überwachungskameras in Rauchmeldern … sein ganzes Leben lang hatte er sich nicht mit dermaßen kranken Sachen beschäftigt. Kein Wunder, dass die Symptome auf ihn abfärbten. Aber er bekam trotzdem immer mehr Angst. Was war nur los mit ihm?

„Kris?“, drängte sich Val in seine Gedanken.

„Hm?“

„Isa wohnt nicht weit von hier. In Prenzlauer Berg. Steht in ihrem Profil.“

Sein Handy klingelte. „Warte mal kurz“, bat er. „Hallo?“

„Kris, hier spricht Ralph Lasky. Wir müssen uns treffen.“

„Haben Sie das Wasser …“

„Nicht am Telefon! Wo seid ihr jetzt?“

„Bei Frances im Café.“

„Ich komme vorbei.“

Kris und Val verabschiedeten sich von Frances und traten vor das Café.

„Gibt bald ein Gewitter." Val wies nach oben. Düstere Wolken krochen über den Himmel und ballten sich zu Furcht einflößenden Ungetümen auf.

Kris sah sich unruhig um. Der Schweiß lief ihm in die Augen. Die Friedrichshainer hatten es weniger eilig als sonst, dorthin zu kommen, wohin sie unterwegs waren. Die Schwüle war unerträglich. Eine Promenadenmischung lag vor dem Café auf dem Gehsteig und blinzelte träge.

„Seltsam. Wo bleibt Herr Lasky?" Val trat an den Bordstein und spähte nach rechts und links.

Wie sie sich so auf die Zehenspitzen reckte, in ihren ausgetretenen Latschen, der rechte Fuß verbunden wegen der Schrammen, die sie sich letzte Nacht bei ihrer Flucht durch den Forst geholt hatte, liebte Kris sie plötzlich ganz heftig. Ein wahnsinniges Gefühl blitzte in seinem Bauch auf und breitete sich von Kopf bis Fuß in seinem Körper aus. Er stellte sich neben Val, legte den Arm um sie und küsste sie. Auf die Wange, auf ihr Stachelhaar. Er war größer als sie. Eine richtig lange Latte, obwohl man Val nicht gerade klein nennen konnte.

Sie lehnte sich an ihn. Ihr Kopf an seiner Schulter war ein noch verrückteres, stärkeres Gefühl. Er tauchte die Nase in ihr platinblondes Haar. Sie roch nach Shampoo, nach Schweiß und nach Sommer.

Der zaghafte Kuss, der auf Kris' Hals landete, überraschte ihn so sehr, dass er Vals Schulter losließ.

„Da kommt Jons Vater!", rief sie.

Der Saab hielt direkt vor ihnen. Sie stiegen ein.

„Wo ist Jon?", fragte Herr Lasky.

„Wir …", begann Kris.

„Er wollte zu Hause was recherchieren", unterbrach Val.

Kris schwante, dass es kompliziert werden würde mit Jon. Nicht nur, dass sein Kumpel keinen Bock hatte, sich in einen Fall von Psychosen, Überfällen und dubiosen Pharmalaboren reinziehen zu lassen. Sondern jetzt lief auch noch was zwischen Kris und Val. Vielleicht. Hoffentlich.

„Ist was passiert?"

„Nein, überhaupt nicht", sagte Kris schnell.

„Keine Spielchen, klar?" Ralph Lasky fixierte sie im Rückspiegel. „Wir holen Jon ab, dann fahren wir ins Labor."

Jon allerdings war nicht zu Hause.

„Jon?", rief sein Vater. „Jo-on!"

Die Wohnung war leer.

„Verdammt!", fluchte Herr Lasky und wählte die Nummer seines Sohnes. Auch auf seinem Handy reagierte Jon nicht.

„Kein Wunder!“, rief Val. „Sein Telefon liegt hier. Ausgeschaltet.“ Sie hielt Jons Handy hoch.

Nervös trommelte Herr Lasky mit den Fingern gegen den Türrahmen.

„Okay. Lasst uns zum Labor fahren. Mein Kontaktmann dort hat nicht den ganzen Tag Zeit.“ Er kritzelte eine Nachricht für Jon auf einen Zettel und legte ihn auf den Küchentisch. „Melde dich, sobald du nach Hause kommst.“

„Kommt ihr?“ Herr Lasky klimperte mit den Autoschlüsseln.

Wenig später hielten sie in Charlottenburg in einer ruhigen Nebenstraße. Zwischen Anwaltskanzleien und Arztpraxen lag ein schmales Haus, Altbau, gesichert durch eine Glastür mit Codeschloss. Ein Videoauge ragte daneben aus der Wand. Nicht schüchtern und verborgen, sondern so dick und fett, dass es jedem auffallen musste. „Dr. Eckhard Linz“ war auf einem Schild daneben zu lesen, darunter, winzig klein, stand „Labor“.

Herr Lasky klingelte. Der Türsummer ging sofort. Wahrscheinlich hatte längst jemand das Grüppchen beobachtet.

„Na, los!“ Jons Vater schob die Tür auf. Sie betraten das Treppenhaus.

„Riecht wie beim Zahnarzt“, nörgelte Val.

Kris’ Hand berührte ihre Hand, als sie hinter Herrn Lasky in den Lift traten. Ein Stromstoß raste durch seinen Arm.

Mit dem Lift fuhren sie in die vierte Etage. Das gleiche Namensschild wie unten.

Eine Frau in einem weißen Labormantel öffnete. „Dr. Linz hat gleich Zeit für Sie. Möchten Sie sich solange setzen?“ Neben einer weißen Empfangstheke stand eine Sitzecke aus gelben Sesseln. Auf dem niedrigen Tischchen lagen Broschüren zu attraktiven Themen wie „Radioaktive Verstrahlung in Deutschland nach Fukushima“ und „Depressionen: die schleichende Volkskrankheit“. Kris fühlte sich unangenehm an das Infomaterial erinnert, das sein Lehrer während der Projekttage verteilt hatte.

„Ich sage ja: wie beim Arzt.“ Val, die wieder ihre zerrissenen Jeans und die ausgelatschten Chucks trug, wirkte in der eleganten, megateuren Umgebung wie außerirdisch. Womit machte ein Labor nur so viel Geld? Kris dachte an Cäsar, der über seine viel zu geringe Entschädigung geklagt hatte. Was den Blogger betraf, schwankte Kris zwischen Mitleid und Widerwillen. Der fette Mann ekelte ihn an und löste zugleich Mitgefühl in ihm aus. Er war schuldlos in eine tragische Lage geraten. Wie so viele andere, von denen die Welt nichts wusste. Leute, die ihr Leben lang mit den Folgen obskurer Machenschaften der Medizin leben mussten.

Ein Mann kam aus einem der angrenzenden Räume gestürzt. Er war so groß, dass er kaum unter der Tür durchpasste. Daran, das sah Kris erst jetzt, klebte ein gelber Aufkleber mit dem Atomwarnzeichen.

„Entschuldige, Ralph. Ich hatte noch ein Experiment abzuschließen!“ Er schüttelte Herrn Lasky die Hand und wandte sich Kris und Val zu. „Du musst Jon sein“, sagte er zu Kris.

„Das ist Kris, ein Freund von Jon. Jon konnte nicht kommen“, erwiderte Herr Lasky. „Kris, Val, das ist Dr. Linz, der für uns die Wasserprobe analysiert hat.“

„Ach, du bist das!“ Dr. Linz lächelte Kris an. „Na, dann kommt mal mit in mein Büro.“

Er führte sie in einen hellen Raum mit Fenstern an drei Seiten, von dem aus man über Charlottenburg schauen konnte. Allein dieses Büro war größer als die ganze *Susanna*.

„Setzt euch!“ Dr. Linz wies auf drei Ledersessel vor seinem Schreibtisch. Er selbst verschwand hinter dem Monstrum aus dunklem Holz und kramte umständlich eine Akte aus einer Schublade. „Eigenartige Sache, dieses Wasser, das ihr mir gebracht habt.“

„Warum?“ Jons Vater beugte sich ungeduldig vor.

„Weil darin ein Wirkstoff ist, den ich in dieser Zusammensetzung nicht kenne.“ Dr. Linz breitete ein paar Blätter vor sich aus. Kris sah chemische Formeln. Auch das noch.

„Wir haben so eine Art Antidepressivum. Vergleichbar mit Prozac. Das ist eines der meistverkauften Antidepressiva, zumindest in den USA. Für Deutschland habe ich die Zahlen nicht im Kopf.“

„Aber es ist nicht Prozac?“

„Nein. Definitiv nicht. Es hat Eigenschaften eines Stimmungsaufhellers, aber ich habe auch Substanzen gefunden, wie wir sie in Neuroleptika nutzen. Ohne euch mit den Details langweilen zu wollen: Das hier ist, wenn es ein Medikament sein soll, etwas Neuartiges. Und wahrscheinlich noch nichts Ausgegorenes. Mich würde interessieren, wie es dorthin gekommen ist, wo ihr es gefunden habt.“ Dr. Linz lehnte sich zurück.

„Na, red schon, Kris. Eckhard können wir ins Vertrauen ziehen“, forderte Herr Lasky ihn auf.

Kris erzählte also seine Geschichte noch einmal. Von Akis Veränderung, dem Überfall, seiner Flucht, ihren Recherchen und seinem Verdacht, Aki könnte eine Psychose haben.

„Oder sie ist eine unfreiwillige Testperson!“, mischte Val sich ein.

Kris’ Herz machte einen Satz.

„Hm“, machte Dr. Linz. „Unfreiwillige Testperson … Ich weiß nicht.“

„Könnte man dieses Mittel einsetzen, um eine Psychose zu behandeln?“, fragte Kris.

„Ich habe eher den Eindruck, dass man mit diesem Mittel nicht unbedingt eine Krankheit behandelt, sondern jemanden, wie soll ich sagen, ein bisschen anschubsen kann, um ihn leistungsfähiger zu machen. Aber wie es wirklich wirkt, das weiß ich einfach nicht.“ Dr. Linz faltete die Hände. Kris’ Blick fiel auf einen goldenen Siegelring am rechten Mittelfinger. Solche Ringe fand er einfach nur peinlich.

Herr Lasky zog einen Block und einen Bleistift aus dem Jackett und schrieb mit.

„Die Veränderung, die du an deiner Schwester bemerkt hast, Kris, klingt mir tatsächlich wie eine beginnende Psychose. Aber dazu muss man wissen, dass manche Medikamente Nebenwirkungen haben, die genauso aussehen wie die Symptome einer psychotischen Störung.“

„Paradoxe Wirkungen!“, rief Val.

„Exakt.“ Dr. Linz lächelte amüsiert. „Es ist nun nicht so schwer, herauszufinden, was zuerst war. Wenn deine Schwester, bevor du ins Landschulheim gefahren bist, sich noch gab wie immer, muss die Veränderung durch etwas hervorgerufen worden sein, was sich zeitlich genau einordnen lässt. Psychosen dagegen beginnen meistens schleichend. Es wäre also untypisch, dass sie binnen zwei Wochen quasi ein anderer Mensch wird."

„Aber ich habe gelesen, dass akute psychotische Störungen …", begann Kris.

„Akute, ja. Sie werden von einem bestimmten Ereignis ausgelöst. Ein Schock, ein Trauma, etwas Unerwartetes, das einen Menschen aus den Schuhen werfen kann. Aber das scheint hier nicht der Fall zu sein."

„Deiner Ansicht nach ist es also möglich", fragte Herr Lasky, „dass Akis Persönlichkeitsveränderungen auf das Mittel im Trinkwasser zurückgehen?"

„Es ist sogar sehr wahrscheinlich."

Kris wurde kalt und heiß zugleich.

„Aber … ich habe das Wasser auch getrunken", sagte er heiser und schlug die Hand vor den Mund.

„Deswegen die Träume!" Val sprang auf.

„Welche Träume?", fragte Dr. Linz interessiert.

„Von Träumen weiß ich nichts", murmelte Kris.

„Jon hat erzählt, Kris redet im Schlaf und lacht komisch!"

„Nun, das kann natürlich auch an seinen aufwühlenden Erlebnissen liegen", beschwichtigte Dr. Linz.

„Eben." Kris nickte. Er dachte an die Szene am Alexanderplatz. Als ihm der Typ mit der Gasmaske aufgefallen war. Doch kurz darauf war er weg, und er, Kris, hatte zu zweifeln begonnen, ob er ihn wirklich gesehen hatte. Und die vielen anderen komischen Sachen in letzter Zeit.

„Wie viel von dem Wasser hast du abbekommen?“, fragte Dr. Linz. „Genauso viel wie deine Schwester oder weniger?“

„Viel weniger.“ Kris konzentrierte sich. „Ich war erst im Landschulheim. Währenddessen hat Aki, möglicherweise seit Ellens Besuch, von dem verseuchten Zeug getrunken. Als ich heimkam, haben wir auch kaum gekocht.“ Außerdem hatte er Cola gekauft. Einmal im Leben war Cola also gesünder als Wasser.

„Wer ist jetzt Ellen?“, fragte Dr. Linz verwirrt.

„Ellen Lennart. Arbeitet für Glinka InterLabs“, kam es wie aus der Pistole geschossen von Val.

„Hm. Hm.“ Dr. Linz schloss die Augen.

Plötzlich mochte Kris ihn. Von der Protzerei mit schweren Ledermöbeln und Panoramafenstern konnte er absehen. Dr. Linz schien die Sache wirklich ernst zu nehmen.

„Es ist leicht, Profit zu machen, wenn man Erzeugnisse verkauft, die Symptome auslösen, welche durch andere Erzeugnisse aus der eigenen Produktion behandelt werden“, meinte er schließlich.

Das war Kris allerdings zu hoch.

„Sie meinen, eine Pharmafirma produziert ein Antidepressivum, das aber leider Psychosen auslöst, die von einem anderen Mittel behandelt werden, welches zufällig von derselben Firma hergestellt wird?“, fragte Val aufgeregt.

Ihre grauen Augen glühten vor Eifer.

„Nun ja“, sagte Dr. Linz und sah Jons Vater zu, der sich eifrig Notizen machte. „Diese Anschuldigung ist nicht so neu. Zum Beispiel fällt auf, dass Unternehmen, die Impfstoffe entwickeln und verkaufen, auch Antidepressiva herstellen. Der Zusammenhang ist klar.“

Kris war er nicht klar.

„Es gibt Leute, die behaupten, Impfungen könnten Depressionen verursachen“, warf Val erklärend ein.

„So ist es. Es gibt Anlass zu glauben, dass Impfungen in manchen Fällen für Gehirnentzündungen verantwortlich sind, die schließlich viele Jahre später eine Depression hervorrufen. Geimpft wird man meist als Kind. Die Depression kommt Jahrzehnte später. Schwierig, an aufschlussreiche Daten zu gelangen.“

„Also lässt sich dieser Verdacht nicht beweisen?“, ging Herr Lasky dazwischen.

„Beweise in der Medizin sind ein Problem, Ralph. Du brauchst Versuchspersonen, die sich möglichst in nichts unterscheiden – außer in der Tatsache, dass sie geimpft wurden, während die Vergleichsgruppe nicht geimpft wurde. Aber bei uns wird jeder geimpft. Das hat oft seine Berechtigung. Dennoch haben auch die Kritiker recht: Man kann einen Zusammenhang nicht ausschließen.“

Kris wollte nicht über Impfungen sprechen, sondern über Aki.

„Wir müssen mit Ellen reden. Sie hat vermutlich das Zeug in unseren Trinkwassertank gemischt.“

„Und du, Kris?“ Dr. Linz sah ihn nachdenklich an. „Ist mit dir irgendwas anders? Abgesehen von Träumen, an die du dich nicht erinnern kannst?“

Kris fing langsam an zu begreifen, worauf das alles hinauslief. Die Stimmen, die er zu hören glaubte, die verwirrten Gedanken und Bilder … er war das zweite Opfer! Wenn er länger auf dem Boot geblieben wäre, hätte er sich genauso zum Zombie entwickelt wie Aki! Er war vollkommen normal. Er litt nicht an einer akuten psychotischen

Störung. Die Erleichterung hob ihn fast von seinem Sessel. Er wollte aufspringen und tanzen und schreien vor Glück.

Dr. Linz durchschaute ihn. „Was du fühlst, ist eine extreme Verunsicherung. Das kann tatsächlich vor allem auf das Mittel im Wasser zurückgehen. Nicht nur auf das schockierende Erlebnis letzten Sonntag. Du hast weniger von der Substanz abgekriegt als deine Schwester. Daher haben sich bei dir keine aussagekräftigen Symptome entwickelt. Außerdem bist du ja seit einigen Tagen wieder ohne den Einfluss des Medikaments. Dann verfliegt die Wirkung."

„Das heißt, wenn Aki nicht mehr von dem Wasser trinkt, wird sie wieder normal?", fragte Kris hoffnungsvoll.

„Das nehme ich an", begann Dr. Linz. „Wobei ich diese Zusammensetzung, wie gesagt, nicht kenne."

„Halt! Falls Aki Testperson ist, bekommt sie das Mittel sicher weiterhin", preschte Val vor. „Vermutlich wurde sie deshalb auch entführt, um sie weiter beobachten zu können!"

Das Gefühl von Freude und Erleichterung erlosch. Schwer wie Blei fühlte sich Kris' Körper nun an.

„Was tun, Eckhard?" Herr Lasky sah von seinem Block auf. „Polizei?"

„Ich fürchte, das ist der einzige Weg. Aber wenig aussichtsreich. Wenn die Polizei Ellen Lennart auf den Zahn fühlt, ist sie gewarnt."

Val sprang auf. „Und mit ihr die Knilche von Glinka InterLabs."

Kris wurde schlagartig klar, dass Herr Lasky nicht bereit sein würde, ein Thema zu riskieren, an dem er seit Monaten arbeitete. Es war auch nicht in seinem Sinne, wenn die Typen, die Aki in ihrer Gewalt hatten, den Braten zu früh rochen.

„Wir haben der Polizei nichts von Ellen gesagt“, murmelte er.

„Ich interviewe Ellen Lennart“, schlug Ralph Lasky vor. „Als Journalist. Damit fangen wir mal an und sehen, was es uns bringt. Offiziell für eine Serie über junge Berliner Wissenschaftler. Inoffiziell … ihr wisst schon.“

„Ihr solltet vorsichtig sein.“ Dr. Linz schob die Papiere in den Aktendeckel zurück und reichte ihn Herrn Lasky. „Das ist eine Riesensache, an der ihr da dran seid.“

Vals Mutter rief auf der Rückfahrt von Dr. Linz an und beorderte ihre Tochter zum Babysitten nach Hause. Frau Gerber wollte zum Arzt und musste Lisa so lange unterbringen. Jons Vater lieferte Val direkt vor ihrer Haustür ab. Sie warf Kris noch einen Blick zu, bevor sie ausstieg. Kris wäre am liebsten mit ihr gegangen.

Als sie in die Wohnung der Laskys kamen, war Jon zu Hause.

„Warum hast du nicht angerufen?“, fragte sein Vater vorwurfsvoll.

„Bin eben erst heimgekommen. Hätte mich gleich gemeldet.“

„Wo warst du?“

Jon murmelte irgendwas.

Herr Lasky ging in die Redaktion. Er wollte seine Kontakte zur Uni spielen lassen, um ein Interview mit Ellen Lennart zu führen. Natürlich ohne seine wahren Absichten zu zeigen.

Jon lief mit einem Flunsch umher und redete nur das Nötigste mit Kris. Kris erzählte, was Dr. Linz in der Wasserprobe entdeckt hatte. Jon nickte gleichgültig, ohne seinen Freund dabei anzusehen. Was war denn jetzt mit ihm los?

Kris schwankte zwischen Hochgefühl und Leere. Er war nicht verrückt. Seine Symptome würden vergehen. Er hatte sie sich nicht eingebildet. Sie waren auf die Wirkungen des Mittels zurückzuführen und damit logisch zu erklären. Andererseits riss ihn nun die Erkenntnis, dass Aki Opfer eines Verbrechens geworden war, total runter. Wie ging es ihr jetzt? Wo hielt man sie fest? Er hatte schreckliche Angst um sie. Zwar hatte Herr Lasky mehrmals bei Kommissarin Meixner angerufen, aber es gab nichts Neues.

Weil Val und Herr Lasky ihren Beschäftigungen nachgingen und Jon hinter geschlossener Tür in seinem Zimmer hockte, verbummelte Kris den Rest des Tages vor dem Fernseher. Er versuchte, wenigstens für ein paar Stunden abzuschalten und nicht mehr zu grübeln über Dinge, die er im Augenblick nicht ändern konnte. Es gelang ihm nicht wirklich.

In der Nacht starrte er lange zum Hinterhaus hinüber. Die Schwüle ließ ihn nicht schlafen. Der Himmel hatte sich mit dicken, schwarzen Wolken bezogen. Ab und zu hörte man Donnergrollen, aber das lang ersehnte Gewitter brach nicht los.

Wenn Aki als Versuchsperson jemandem nützlich war, würden sie sie nicht umbringen.

Kris fühlte, wie sein Herz beschleunigte. Tief durchatmen.

Aber was, wenn sie die Tests nicht überlebte? Wie die Leute, mit denen Cäsar in der Forschungsklinik gewesen war?

Kris riss sich vom Fenster los. Im Innenhof randalierte die alte Luzy, schrie und kreischte und hackte auf Leuten herum, die niemand außer ihr sehen konnte. Wie die Wirklichkeit für die alte Frau aussah, darüber wollte Kris gar nicht nachdenken.

Er lauschte an Jons Tür. Dahinter brannte Licht, aber sein Kumpel hatte wahrscheinlich die Ohrhörer eingestöpselt und zog sich die Beatsteaks rein.

Entschlossen setzte Kris sich an Herrn Laskys PC und tippte eine Mail an Cäsar.

Kann eine Testperson ausrangiert werden?

Die Antwort kam prompt:

Was meinst du?

Kris schrieb:

Ich will wissen, ob eine Versuchsperson irgendwann sozusagen ausgedient hat. Man kann doch nicht ewig an jemandem rumtesten.

Diesmal musste Kris warten. Er stand auf, ging durchs Zimmer, setzte sich wieder auf den Stuhl. Die alte Luzy zeterte noch immer. Jemand brüllte aus dem Hinterhaus in den Hof hinaus: „Ruhe!" Für eine Weile verstummte das Gezänk.

Endlich, nach einer Viertelstunde, kam Cäsars Antwort.

Auf den Müll kippen kann man die Leute ja nicht. Aber zurück in ihr altes Leben schickt man sie auch nicht. Jedenfalls nicht gleich. Man psychiatrisiert sie.

Man was?

Panisch wartete Kris auf die Antwort.

Man klebt ihnen das Label „schizophren" auf die Stirn. Die Leute werden mit Medikamenten so kaputt gemacht, dass sie außerhalb der geschlossenen Abteilung nicht mehr leben können.

Kris presste die Stirn gegen die Tischplatte. Seine Lippen formten Akis Namen. Er wollte nach ihr schreien, sich brüllend gegen die

Wand werfen, den Computer und alle Bücher und Aufzeichnungen zu Boden werfen, toben wie ein Verrückter.

Wie ein Irrer.

Er war nicht irr. Er war nur verzweifelt. Jemand hatte ihn und seine Schwester aufs Korn genommen. Kris war felsenfest davon überzeugt, dass die Kameras auch ihn beobachten sollten. Aber er hatte das Experiment vereitelt, indem er die Kameras abgeschraubt hatte.

Cool bleiben. Logisch denken. Nach Lösungen suchen.

Kris loggte sich aus. Schweißgebadet ging er zur Toilette. Als er zurückkam, wählte er Herrn Laskys Handynummer. Er ging nicht an den Apparat. Kris hinterließ eine Nachricht. „Hallo, Herr Lasky. Könnten Sie mich zurückrufen?“ In Kris’ eigenen Ohren hörte es sich an wie „Mayday“.

Er versuchte es bei Val. Auch dort antwortete nur ihre flapsige Ansage: „Hi. Vals Handy. Update?“ Kris legte auf. Er wusste nicht, welche Art Update er Val auf ihrem AB hinterlassen sollte.

Unfähig, sich zu beruhigen, graste er das Internet nach dem Stichwort „Psychiatrisierung“ ab. Im Grunde ging es darum, dass Menschen von Ärzten als psychisch krank stigmatisiert wurden. Man legte ihnen nahe, sich in die Psychiatrie einweisen zu lassen, weil sie in irgendeiner Hinsicht auffielen. Obgleich nicht alle so beeinträchtigt waren, dass sie in ihrem Alltag nicht zurechtgekommen wären. Kris las Berichte von Betroffenen, bis er am ganzen Körper zu zittern begann. Menschen wurden eingesperrt, von ihren Verwandten und Freunden getrennt, mit Psychopharmaka vollgestopft, bis sie dachten, sie existierten zweimal und ihr Double flüstere ihnen des Nachts Geschichten zu. Der Willkür schienen Tür und Tor geöffnet. Wer unliebsam wurde oder Pech hatte, wurde als Psychowrack abgestempelt. Konnte man einem solchen Menschen anhängen, dass er suizidgefährdet war, stand einer Zwangseinweisung nichts mehr im Weg.

Kein Wunder, wenn Leute, die Stimmen hörten, das erst mal lieber für sich behielten. Wer ging schon freiwillig in die Klapse.

Kris hatte wirklich genug von all diesen kranken Blogs und Chatrooms, dennoch las er weiter und weiter. Die Storys wurden immer haarsträubender. Justiz, Polizei und Psychiatrie räumten unliebsame Leute aus dem Weg: zum Beispiel politische Aktivisten, Jugendliche, die über längere Zeit die Schule schwänzten und durchschnittliche Bürger, die gegen die Müllgebühren in ihrer Gemeinde protestierten. Kris konnte es nicht glauben. Alle diese Fälle hatten sich nicht in irgendeinem Bananenstaat zugetragen, sondern in Deutschland. Sogar ein Reporter, der Material zu einem Pharmaskandal veröffentlicht hatte, war zwangseingewiesen worden. Ein Artikel schloss mit den Worten: *Psychiatrisierung ist ein probates Mittel zum Machterhalt geworden.*

Er brauchte sich keine Illusionen zu machen.

Von allen Feinden, die er gegen sich hatte aufbringen können, war er an den mächtigsten und grausamsten geraten: zweifelhafte Konzerne, die bereit waren, Menschen für ihren Profit zu opfern.

FREITAG

Kris schlief schlecht. In der Schwüle klebte das T-Shirt an seinem Körper. Mitten in der Nacht stand er auf, um kalt zu duschen. Dicke Wolken hingen über der Stadt. Doch es regnete nicht. Eine Schmeißfliege warf sich gegen das Badezimmerfenster. Immer und immer wieder.

Jons Zimmertür war geschlossen. Irgendwas hatte das Fass zum Überlaufen gebracht. Es ging um Val. Konnte gar nicht anders sein. Kris legte sich aufs Sofa. Sein Kopf schmerzte. Erst gegen Morgen schlief er ein.

Als er aufwachte, war es nach elf. Jon saß in seinem Zimmer, die Earbuds in den Ohren. Sein Oberkörper bewegte sich zuckend im Takt der Musik. Es sah gespenstisch aus.

„Wo ist dein Vater?“, fragte Kris.

Jon reagierte nicht.

„Jon!“ Kris packte seinen Kumpel an den Schultern.

„Scheiße, Mann!“ Mit einer einzigen Bewegung riss sich Jon die Ohrhörer herunter. „Du hast mich erschreckt!“

„Du hast mich nicht gehört.“

„Muss ich dich hören oder was?“

„Ich will mit dir reden.“

Jon richtete sich auf. Er war kleiner als Kris. Jetzt baute er sich mitten im Zimmer auf, die Hände zu Fäusten geballt.

„Wenn du Val willst“, stieß er hervor, „sag es! Ich dachte, wir hätten eine Abmachung! Stattdessen baggerst du sie hinter meinem Rücken an!“ Jons aufgestauter Zorn entlud sich mit beängstigender Macht. „Pack deinen Scheiß zusammen und zieh Leine!“

„Hast du sie noch alle?“ Kris trat einen Schritt zurück. „Was habe ich denn gemacht?“

„Geknutscht vielleicht?“, schlug Jon bedrohlich leise vor.

Fuck. Jon musste sie gestern gesehen haben. Wahrscheinlich war er ihnen nachgekommen, um sie bei Frances aufzusammeln!

„Jon“, begann Kris.

„Du brauchst mir nichts zu erklären. Zieh los mit Val! Hängt eure Zeit im Internet ab und rennt in euer Unglück. Macht doch, was ihr wollt.“

Bebend vor Wut stöpselte Jon die Earbuds wieder ein und stellte die Musik so laut, dass Kris die hämmernden Bässe spüren konnte.

Es hatte einfach keinen Sinn, mit Jon zu reden.

Kris ging ins Arbeitszimmer, räumte seine Sachen in den Rucksack und verließ die Wohnung.

Die einzige Anlaufstelle, die ihm blieb, war Frances’ Café. Tagsüber. Wo er nachts bleiben würde, musste er später klarkriegen.

Tatsächlich war Val schon im Café und hämmerte auf die Tastatur eines Rechners ein. Sie ließ sich so leicht nicht entmutigen. Weder von irgendwelchen finsteren Typen noch von ihren eigenen Zweifeln. Wenn sie überhaupt welche hatte.

„Hi, Val!“, rief Kris und beugte sich über sie, um zu sehen, was sie machte. Klar. Sie hing in Facebook.

„Morgen, Kris. Ich chatte mit Isa. Sie hat eine Menge Ahnung von den Sachen, die uns interessieren.“

„Nämlich?“

„Dass es verschiedene Arten von Viren gibt, die Krebs verursachen.“

„Habe ich schon mal gehört.“ Die Projekttage verfolgten ihn. Kein Wunder, bei der Wendung, die sein Leben genommen hatte.

„Der Knüller ist, dass diese Viren absichtlich in Impfstoffe eingebaut werden.“

„Ich weiß nicht, Val. Wir wurden alle als Kleinkinder geimpft. Deswegen sind wir noch lange nicht krank!“

„Der Punkt ist, dass jeder Mensch anders ist und deshalb individuell reagiert. Bloß ändert das nichts an der Tatsache, dass die Pharmaindustrie uns krank macht, damit sie später an uns als Patienten verdienen kann.“

„Das hilft uns momentan überhaupt nicht weiter“, brummte Kris.

„Also dann: Isa will uns treffen. Wir könnten austauschen, was wir wissen. Das nützt ihr und uns!“

The cool cats I adore.

Kris rieb sich die Stirn. Der Streit mit Jon ging ganz schön tief. Er hatte spätestens im Landschulheim gespürt, dass es irgendwann Stunk zwischen ihm und Jon geben würde. Wegen eines bestimmten Mädchens.

„Was ist jetzt? Gehst du mit, Isa treffen, oder soll ich das allein durchziehen?“

„Ich gehe mit.“ Im Prinzip war es Kris egal, was er machte, solange er mit Val zusammen war. Verdammt, er mochte das Piercing, die Stachelfrisur und das ganze Mädchen.

Kris und Val warteten in Prenzlauer Berg gegenüber einem kleinen Kiezladen auf Isa. In dem Geschäft gab es Coffee to go, Snacks und Zeitschriften; ständig gingen Leute ein und aus. Niemand interessierte sich für Kris oder Val.

Die beiden hockten eine Ewigkeit auf dem Fenstersims vor einem Schaufenster, das von innen komplett mit Büchern vollgestellt war.

Um acht schloss der Kiezladen. Genervt sahen sie einander an.

„Mist", brummte Val. „Die hat uns versetzt."

Kris seufzte. Er war erleichtert – und auch wieder nicht. Es gab noch ein anderes Problem, das er lösen musste. Jon hatte ihn rausgeschmissen. Ihm blieb nur eine Option: Übernachten bei Val. Unter den Augen ihrer Mutter und ihrer kleinen Schwester.

Sein Handy klingelte.

„Hallo?"

„Hier ist Isa", sagte eine weibliche Stimme. „Sorry, ich bin spät dran. Könnt ihr zum Thälmann-Park kommen?"

„Ich … wir …", stammelte Kris.

„Super. Bis gleich." Isa legte auf.

„Was ist?“

„Das war Isa. Wir sollen zum Thälmann-Park kommen.“

„Warum das?“, fragte Val verwundert.

„Erklär mir mal lieber, woher die meine Nummer hat.“ Kris fiel der abgefahrene Anruf ein, den er am alten Hafen angenommen hatte.

„Stimmt, das ist seltsam! Aber lass uns trotzdem hingehen, sonst kommen wir nicht weiter.“

„Val, da stimmt was nicht. Hauen wir lieber ab!“

„Und Aki?“

Das war ein Killerargument. Wenn er Isa nicht traf – was sollte er sonst an diesem Abend tun, der sich wie eine ewig lange Wüstenstraße vor ihm erstreckte? Wieder an irgendeinem Rechner hocken und sich die Eingeweide aus dem Leib googeln? Wofür?

„Los jetzt. Ist ja nicht weit!“

Der Ernst-Thälmann-Park quetschte sich zwischen die Greifswalder- und die Dimitroffstraße. Das Monument, das den Arbeiterführer mit erhobener Faust zeigte, wirkte wie ein Fossil aus einer vergangenen Welt. Hinter dem Rücken der Bronzebüste ragten Hochhäuser auf. In so einem Bunker würde ich kaputtgehen, dachte Kris. Wieder wurde in seinem Hals alles eng.

Die dicken Wolken am Himmel ballten sich immer dichter. Kein Lüftchen regte sich. Aus den Schatten des Parks kroch die Dämmerung. Die Autos fuhren schon mit Licht. Das Unwetter würde bald losbrechen.

Ratlos sahen Val und Kris einander an. Irgendwo grollte Donner.

Ein paar Leute hasteten an ihnen vorbei. Von einem Mädchen, das Isa sein könnte, keine Spur.

„Das hat keinen Sinn“, gab Val zu. „Abbruch.“

„Hallo? Val?“, rief jemand.

Kris und Val fuhren herum. Direkt an der Greifswalder Straße stand eine Frau, vielleicht Anfang zwanzig, mit einem Pferdeschwanz und einem Tanktop. Sie winkte.

„Das muss Isa sein. Komm!“ Val lief los.

Kris warf sich seinen Rucksack über die Schulter und dachte, komisch, irgendwie passt das alles nicht zusammen. Wieso hat diese Isa meine Handynummer? Er versuchte, sein ungutes Gefühl auf die Restwirkungen des Arzneimittels zu schieben.

Die Patienten fühlen sich verfolgt. Einige haben das Gefühl, dass ständig jemand etwas von ihnen will oder hinter ihnen her ist.

Der Punkt war aber: Jemand *war* hinter ihnen her. Sie hatten es in den letzten Tagen drastisch erfahren.

„Val“, fing Kris an. Val war schon auf halbem Weg zu Isa.

Wer war diese junge Frau? Sie wussten nichts über sie. Jon hatte recht mit seiner Skepsis: Im Internet konnte jeder mit irgendeiner erfundenen Identität unterwegs sein.

„Val, lass uns abhauen!“

Hinter Kris krachte etwas. Es klang wie ein Schuss. Er fuhr herum. Tauben flogen auf. Als er sich wieder umwandte, war Val verschwunden.

„Val?“

Er drehte sich um die eigene Achse. Der Park lag in tiefen Schatten. Irgendwas ging hier brutal schief.

Kris presste die Hände an die Schläfen.

„Val? Sag was, verdammt!"

Kris konnte keinen Schuss gehört haben. Aber Val war verschwunden!

Kris zog sein Handy aus der Tasche. Er würde jetzt einfach ihre Nummer wählen. Wieso gab Val überhaupt seine Nummer an, wenn sie sich mit irgendeiner Tussi treffen wollte, und nicht ihre?

Das Telefon in seiner Hand klingelte, ehe er wählen konnte. *Unbekannter Anrufer*.

Noch ehe Kris antworten konnte, wurde alles um ihn herum schwarz.

KAPITEL 32

Etwas Helles drängte sich in Kris' Bewusstsein. Er blinzelte, aber seine Augenlider waren seltsam schwer. Das grelle Licht störte.

Er konnte blinzeln, wenn auch die Augen nicht aufhalten. Er atmete, spürte, wie sein Brustkorb sich hob und senkte. Sein Hals schmerzte.

Wo war er?

Etwas war passiert. Er war eingeschlafen, hatte sich durch grauenvolle, düstere Träume gequält, hatte zuerst gar nicht gewusst, ob Traum oder Wirklichkeit ihn heimsuchte, aber dann war der Gedanke aufgeblitzt: Wach auf!

Kris riss beide Augen auf und starrte an eine weiße Zimmerdecke. Er bewegte vorsichtig Arme und Beine. Alles funktionierte noch.

Er hatte unheimlichen Durst.

Benommen richtete er sich auf. Er lag auf einem Bett, unter einer weißen Decke, in einem weißen Raum ohne Fenster, aus dessen vier Ecken ihn Videokameras anglotzten. Er sah eine Tür, ebenfalls weiß, gepolstert, also würde Lärm nichts nützen. Niemand dort draußen würde ihn hören, und kein Laut drang zu ihm herein. Die Tür hatte keine Klinke.

Kris bekam furchtbare Angst.

Außer dem Bett gab es keine Möbel, nicht den kleinsten Gegenstand. Nur eine Toilette in der Ecke des Zimmers. Und ein Waschbecken. So ausgeliefert hatte er sich noch nie in seinem Leben gefühlt.

Kris fasste sich an den Hals. Ihm war, als bekäme er keine Luft. Wie betäubt ließ er langsam die Beine über die Bettkante gleiten. Er trug seine Sachen. Jeans und T-Shirt. Seine Chucks waren nicht da. Er sah unter das Bett – keine Schuhe. An seinem linken Arm klebte ein dickes, weißes Pflaster.

Er war in einer weißen Hölle gelandet. Und wo war Val?

Kris' Magen krampfte sich zusammen.

Isa.

Facebook.

Val hatte den Kontakt über Facebook hergestellt.

Der Thälmann-Park.

Kris wollte aufstehen und zum Waschbecken gehen, doch als er neben dem Bett stand, wurden seine Beine zu Gummi. Er kippte in die Kissen zurück.

Was war ihm passiert? Und wo war Val? Hatte sie fliehen können?

Vielleicht war dieses weiße Zimmer ein psychotischer Ausflipper, ein geisteskrankes Symptom, wer konnte das wissen.

Kris versuchte erneut, beide Füße auf den Boden zu setzen und stöhnte, als er sich aufrichtete. Unsicher wie ein Kleinkind tappte er zum Waschbecken.

Das Wasser kam in einem starken Strahl. Kris wusch sich Gesicht und Hände. Er trank. Langsam kehrten seine Lebensgeister zurück.

Das war vielleicht gar nicht so gut. Denn je besser er sich fühlte, desto mehr dachte er nach. Und desto mehr setzte ihm die Angst zu.

Er hatte verdammt noch mal höllische Angst.

Er würde in null Komma nix durchdrehen und gegen die Wände rennen. Er riss das Pflaster von seinem Arm. Darunter sah er deutlich den Einstich einer Injektionsnadel. Die Haut drumrum war blau unterlaufen.

Sie hatten ihn narkotisiert.

Er sah zu den Videokameras hoch und schrie: „Seid ihr jetzt stolz auf euch?"

Kris ging an den Wänden entlang, fuhr mit den Fingern über die Tapete.

Sie hatten ihm seine Armbanduhr abgenommen.

Er wusste weder das Datum noch die Uhrzeit.

„Shit!", flüsterte er.

Er wollte glauben, dass Val gleich hier in der Nähe war. Vielleicht im Zimmer nebenan. Wollte glauben, dass es ihr gut ging. Er zitterte. Gleichzeitig schwitzte er. Er rieb sich mit dem T-Shirt übers Gesicht.

Wie lange es dauerte, bis die Tür sich öffnete – er hatte keinen Schimmer.

Ein Mann trat ein. Er trug einen Arztkittel, weiße Hosen und weiße Crocs. Sein kurzes Haar allerdings war schwarz und dicht. Auf seiner Nase saß eine Brille mit Goldrand. Er war kleiner als Kris.

„Guten Tag, Kris."

„Wer sind Sie?“

„Ich bin Dr. Joseph Glinka. Du interessierst dich für uns und unsere Arbeit?“

Er setzte sich auf die Bettkante. Kris blieb stehen.

„Es ist mir ein Vergnügen, dich in das einzuweihen, was wir hier tun. Zum Wohle der medizinischen Forschung und der kranken Menschen.“

„Zum Wohle von kranken Menschen?“, würgte Kris hervor. Gehörte Glinka nicht zu den Typen, die die Menschen erst krank machten?

„Warum sitzt du vorgefassten Meinungen auf? Interessiert dich die andere Seite der Medaille gar nicht?“

Kalte blaue Augen funkelten hinter den Brillengläsern. Kris glaubte ihm kein Wort.

„In meinem Institut“, Glinka holte mit dem Arm aus, „erproben wir Medikamente, die kurz vor der Zulassung stehen. Wir testen, welche Vorteile die neuen Medikamente gegenüber den alten haben. Das Ziel ist, Mittel auf den Markt zu bringen, die den Patienten weniger belasten, gleichzeitig aber mehr Vorteile bringen.“

Kris schnaubte.

„Dazu haben Sie meine Schwester entführt?“

„Wir haben deine Schwester nicht entführt. Sie befindet sich in Behandlung. Ihre Freundin, Ellen Lennart, eine zuverlässige Mitarbeiterin, hat bei ihrem Besuch bei euch festgestellt, wie verwirrt Aki war. Sie stand mit einem Bein schon über der Schwelle zur Psychose. Das ist ein gefährlicher Zustand, Kris. Diese Menschen können sich jederzeit etwas antun.“

„Sie war so schräg drauf, nachdem Ellen irgendein verfluchtes Scheißmittel in den Wassertank gekippt hat!“, schrie Kris. Sein Herz schlug bis zum Hals.

Glinka blieb vollkommen ruhig. Das Dauerlächeln pappte in seinem Gesicht wie Schminke.

„Im Gegenteil. Ellen wollte deine Schwester überzeugen, sich in Behandlung zu begeben. Aber Aki war bereits zu weit von der Wirklichkeit weg. Ellen bat mich um Rat.“

Genau das würden sie aller Welt erzählen. Und dann stand Aussage gegen Aussage. Kris und Aki hatten keine Chance. Die Erkenntnis kam so brutal, dass Kris' Herz ein paar Schläge aussetzte.

Glinka hob die Hand. „Psychotiker können in einen Zustand geraten, in dem sie Hilfe brauchen. Jemanden, der sie sauber hält, der dafür sorgt, dass sie essen. Ist dir nicht aufgefallen, dass deine Schwester die Nahrung verweigerte?“

Kris versuchte sich zu erinnern. Es stimmte. Aki hatte fast nichts angerührt.

„Sie hat vermutlich auch eine Weile nicht mehr aufgeräumt?“

Kris dachte an die Staubmäuse.

„Ellen konnte Aki nicht dazu bewegen, sich ins Krankenhaus einweisen zu lassen. Also bat sie mich, eine Ausnahme zu machen. Ich gab ihr einen Wirkstoff mit, den wir noch testen. Alanzon N. Sie sollte ihn Aki verabreichen. Aber da Aki nie zugestimmt hätte, Tabletten zu nehmen, kam Ellen auf die Idee, es dem Trinkwasser beizumischen.“

„Ganz schön schlau“, fauchte Kris. „Sie hat aber nicht bedacht, dass ich auch von dem Zeug trinken würde.“ Er weigerte sich, Glinka den ganzen Schwachsinn abzukaufen.

„Ellen wusste nicht, dass du bald zurück sein würdest.“

„Ach, dass ich nach Hause komme und den tollen Test sprenge – *das* war Ellens Problem, wie?“ Kris stieß sich von der Wand ab. Mit einem Mal war er wahnsinnig wütend.

„Ellen installierte die Kameras, um beobachten zu können, wie es Aki ging. Normalerweise kann man nicht verantworten, die Patienten ohne medizinische Betreuung mit solchen Wirkstoffen zu versorgen. Aber deine Schwester tat Ellen leid.“

Kris fasste es nicht. Dieser Glinka stellte die Tatsachen so locker flockig auf den Kopf, dass man beinahe ins Zweifeln geriet. Sein Herz raste.

„Wo ist Aki?“ Kris schrie beinahe. „Und Val?“

„Sie sind hier im Institut.“

„Ich will zu Aki. Und lassen Sie Val frei!“

„Aki ist sehr labil. Es täte ihr nicht gut, jetzt mit ihrem Bruder konfrontiert zu werden. Du bist zu aufgewühlt.“ Glinka sah auf Kris’ geballte Fäuste. „Sobald du dich beruhigt hast, bringen wir dich selbstverständlich zu Aki, und deine Freundin kannst du dann auch sehen.“

Wo, verdammt noch mal, hatten sie Val eingesperrt? Es war, als könne er so viel Angst nicht mehr aushalten. Um Aki, um Val, um sich selbst. Die Panik schlug in Zorn um.

„Sie haben Aki nachts aus dem Boot geholt!“, brüllte Kris. Seine Stimme überschlug sich. „Wenn Sie sie medizinisch betreuen wollten, warum kam kein Arzt? Warum hat mich niemand verständigt?“

„Ellen hat eine E-Mail an Akis Postfach geschickt“, behauptete Glinka. „Hast du nachgesehen?“

Kris keuchte. Hatte er nicht. Wie, zum Teufel, sollte er auf die Idee kommen, nach der E-Mail einer durchgeknallten Chemikerin in Akis Inbox zu suchen?

„Das glaube ich Ihnen nicht! Sie wollen mich nur beruhigen. Außerdem habe ich mich mit Ellen getroffen. Warum hat sie mir nichts davon gesagt, dass Aki hier bei Ihnen festgehalten wird?"

„Ellen hatte Bedenken, dass du deine Schwester sofort sehen wolltest. Das hätte sie nicht verkraftet."

Kris holte mit dem Arm aus und stieß seine Faust Glinka ins Gesicht. Der Mann wich in letzter Sekunde aus, packte Kris' Handgelenk und hielt es fest.

„Ich will zu Aki! Und zu Val!", schrie Kris. „Ich will hier raus! Raus! Raus!"

„Wie du wohl selbst einsehen wirst, bist du kaum in einem Zustand, in dem du deiner Schwester unter die Augen treten kannst." Glinkas Finger schlossen sich wie Stahlschlingen um Kris' Arm.

Kris wollte sich losreißen, aber plötzlich ging ihm die Kraft aus. Er musste aufs Klo. Sein Magen revoltierte.

„Wir sehen uns später", erklärte Glinka, als hätten sie soeben die Mittagspause in einer Kneipe miteinander verbracht. Er ließ Kris los und ging zur Tür. Jemand öffnete ihm umgehend.

Kris war wieder allein.

SAMSTAG

Am Samstagmorgen wachte Jon früh auf, weil sein Handy klingelte. Es lag irgendwo auf dem Boden, und er hatte keinen Nerv, vom Hochbett runterzuklettern. Gähnend rollte er sich auf die andere Seite. Das Klingeln erstarb.

Na also.

Eine Minute später klingelte es wieder.

Sein Vater würde noch aufwachen. Ächzend wälzte Jon sich auf die Seite und sprang vom Hochbett.

„Hallo?“ Seine Stimme klang trocken. Er räusperte sich.

„Jon? Hier ist Rita Gerber. Vals Mutter.“

„Hi“, kam es aus Jons Kehle. Er warf einen Blick auf die Uhr. Halb sechs. Vals Mutter war nicht bei Trost!

„Val ist letzte Nacht nicht nach Hause gekommen. Ist sie vielleicht bei dir?“

„Nein. Bestimmt nicht.“ Sein Magen krampfte sich zusammen vor Ärger.

Rita Gerber stöhnte auf.

„Jon, bitte hilf mir. Ich werde noch verrückt. Das sieht nicht nach Val aus. Dass sie nicht anruft, wenn sie über Nacht wegbleiben will."

„Val war gestern mit Kris unterwegs." Jon tappte auf den Korridor und spähte ins Schlafzimmer seines Vaters.

Das Bett war leer. Er ging in die Küche. Ein Zettel lag auf dem Tisch.

„Bin in der Redaktion. Ruf an, wenn du wach bist."

„Und Kris? Wo erreiche ich den?"

„Er hat ein neues Handy." Jon diktierte ihr die Nummer. Das war jetzt der Gipfel des Wahnsinns: Kris spannte ihm Val aus, und dann musste er auch noch hinter den beiden hertelefonieren, weil Vals Mutter durchdrehte. Er legte auf und starrte das Handy an.

Langsam schwante ihm jedoch, dass etwas nicht stimmte. Wo sollten Kris und Val die Nacht verbringen? Auf der *Susanna*? Ziemlich unromantisch, nach allem, was dort passiert war. Jon warf einen Blick aus dem Fenster. Die Wolken hingen immer noch schwer über der Stadt.

Nach zwei Minuten klingelte das Handy wieder. Er hatte damit gerechnet. Irgend so eine blöde Vorahnung.

„Jon?" Rita Gerbers Stimme überschlug sich. „Kris geht nicht dran. Nicht mal seine Mailbox."

„Ich höre mich um." Jon wollte sie nur beruhigen.

Er rief seinen Vater an.

„Jon? Bist du das?" Herr Lasky kannte seinen Sohn vor allem als Langschläfer, der locker bis drei Uhr nachmittags pofte.

„Vals Mutter hat gerade angerufen. Val ist letzte Nacht nicht zu Hause gewesen. Und Kris war nicht hier."

„Habe ich gemerkt“, sagte Herr Lasky.

„Ich habe Kris gestern rausgeschmissen“, brummte Jon.

„Sag mal – spinnst du?“

„Er und Val …“ Es klang verteufelt erbärmlich.

„Jon, ich gebe zu, das ist schwer für dich. Aber in dieser Situation! Kris braucht einen sicheren Ort.“ Die Stimme seines Vaters hätte Stahl zerschneiden können.

Jon wäre am liebsten geplatzt. Seit Kris’ Eltern gestorben waren, bekam sein Kumpel eine Sonderbehandlung. Er sah ein, dass es für eine gewisse Zeit okay war, Rücksicht zu nehmen. Aber irgendwann musste das Leben ja wohl weitergehen.

„Ich …“

„Pass auf, Jon. Ich komme jetzt sofort heim. Setz einen starken Kaffee auf und denk nach! Es muss einen Ansatzpunkt geben. Die Sache ist verdammt ernst. Verstanden?“

„Roger.“

Jon setzte die Kaffeemaschine in Betrieb und ging ins Bad. Er hielt den Kopf unter den Wasserhahn. Das eiskalte Wasser weckte ihn endlich auf. Er band die nassen Haare im Nacken zusammen. Dass die Lage für Kris immer widerlicher wurde, sah er ein. Kein Wunder, dass sein Kumpel nachts Albträume hatte und schrie wie am Spieß. Keine Wörter, sondern schrille, entsetzte Laute. Wie ein in die Enge getriebenes Tier. Und manchmal hatte er gelacht. Total komisch.

Jon legte Musik auf. Er konnte einfach nur denken, wenn gute Musik lief. Und gute Musik, das waren für ihn zurzeit nun mal die Beatsteaks.

Here's the song for those who never ever sit back and recover, here is the one for those who never shiver, the cool cats I adore.

Es war typisch für Val, Akis Verschwinden zu ihrer ureigenen Mission zu machen. So war Val gestrickt. Manchmal hatte sie richtige Allmachtsfantasien. Als wäre sie die Einzige, die die Dinge im Griff hatte. Jon wurde langsam mulmig. Was war mit Val passiert? Und mit Kris?

Während die Kaffeemaschine fauchend die letzten Tropfen in die Kanne spuckte, besann sich Jon auf das, was er gut konnte. Er ließ die Ereignisse der letzten Tage vor seinem inneren Auge ablaufen. Rasch notierte er die wichtigsten Punkte. Darin war er gut. Er entdeckte Muster, wo die meisten anderen in Informationen ertranken. Deswegen wollte er Journalist werden. Es beflügelte ihn, den Dingen auf den Grund zu gehen. Außerdem konnte er sich so ablenken, die Angst unter Kontrolle kriegen. Wenn Kris und Val nur kapiert hätten, weshalb er so gegen diese Facebookgruppe gewesen war! Weil man nämlich nie wusste, wer mitlas. Es war doch nur logisch, dass diese Typen von Glinka InterLabs oder der Pharmafirma sie alle drei im Auge behalten würden. In der wirklichen Welt – und im Internet eben auch!

Jon kam ein Gedanke. Er rannte in sein Zimmer, durchwühlte seine Magazine und zog eines heraus, in das er eine ganze Latte Post-its geklebt hatte. Hastig blätterte er die Seiten durch.

Vor nicht allzu langer Zeit hatte er einen Artikel gelesen. Darin ging es um Cyberkriminalität, um das Abfangen von Daten und darum, wie Kriminelle im Internet Leute rekrutierten. „Gehirnwäsche im Netz“ hatte er auf einen der Klebezettel geschrieben.

Jon fand die Seite:

Um Versuchspersonen für zweifelhafte medizinische Tests zu finden, nutzen Kriminelle zunehmend das Internet. Sie rekrutieren menschliches Testmaterial bei Facebook, MySpace oder Twitter. Im Netz ist es einfach, die Kandidaten im Unklaren über das zu lassen, was eigentlich getestet wird.

Jon blätterte weiter. Er wollte wissen, wie die Rekrutierung verlief.

Facebook-Nutzer hinterlassen Informationen über ihre Hobbys, ihre Einstellungen und Meinungen. Computer errechnen im Voraus, wen es anzusprechen lohnt: Twittert jemand über seine Depressionen? Klagt ein anderer über Suizidgedanken? Beschwert sich jemand, dass selbst eine lang andauernde medizinische Behandlung keinen Erfolg bringt? Leistungsstarke Rechner ermitteln aus diesen Daten die aussichtsreichsten Kandidaten für Medikamententests.

Das reichte Jon.

Es bestand überhaupt kein Zweifel: Isa musste ein Köder gewesen sein.

Herr Lasky stürmte in die Wohnung.

„Jon?", schrie er.

„In der Küche!"

„Wir müssen sofort zur Polizei." Der Journalist goss sich Kaffee ein.

„Aber …"

„Das ist ernst, Jon. Überleg dir, ob es irgendwelche Dinge gibt, die ihr der Polizei noch nicht erzählt habt. Es kann der Schnipsel einer Information sein!"

„Ich glaube, jemand hat Val auf Facebook aufgelauert."

„Autsch!" Herr Lasky verbrannte sich die Lippen.

Aufgeregt berichtete Jon von Isa. „Und es gibt noch etwas."

„Nämlich?"

Jon versuchte, den strengen Blick seines Vaters zu ignorieren.

„Jemand war auf Vals Festplatte. Und auch auf Kris' Laptop." Er beschrieb, wie Val Kris eine Warnung auf den Rechner getippt hatte. „Sie hat gemerkt, dass der Typ, der in Kris' Computer gekrochen war, mitgekriegt haben muss, dass Val auch drauf war."

„Wir fahren jetzt zu Val und holen ihren Laptop. Dann zur Polizei. Los.“

Vals Mutter schnallte überhaupt nichts.

„Sie hat den Laptop immer mit sich rumgeschleppt“, sagte sie leise und versuchte, ihre Angst zu verbergen. „Aber die letzten Tage stand er unbenutzt hier rum.“

„Wahrscheinlich hat sie begriffen, dass ihr jemand auf den Fersen ist“, schnaubte Ralph Lasky.

„Auf den Fersen?“ Frau Gerber starrte ihn verdattert an.

„Kommen Sie mit zur Polizei! Jetzt!“

„Gut. Ich muss nur meine Nachbarin bitten, sich um Lisa zu kümmern.“ Frau Gerber putzte sich die Nase.

„Wir warten im Auto.“

Jon rannte seinem Vater hinterher, Vals Computer unter dem Arm. Herr Lasky ließ den Motor laufen und hängte sich ans Handy. Jon wurde ganz anders. Denn in dem Gespräch, das sein Vater führte, ging es hauptsächlich um ihn, Kris und Val.

Herr Lasky heizte über die Petersburger und die Warschauer Straße nach Süden und fluchte über jede rote Ampel und jeden Bus.

„Dad, die Meixner arbeitet in Friedrichshain“, protestierte Jon.

„Hier brauchen wir keine Meixner“, gab sein Vater knapp zurück. „Dieser Fall ist ein größeres Kaliber.“

Vals Mutter sagte keinen Ton.

Dreißig Minuten später hielten sie vor einem riesigen grauen Gebäude gegenüber dem alten Tempelhofer Flughafen.

Ralph Lasky stellte den Wagen einfach an der Straße ab und ließ die Warnblinkanlage laufen. „Kommt!"

„Landeskriminalamt" las Jon, als sie in die Eingangshalle traten. Ein Mann wartete auf sie. Er trug Jeans und ein kurzärmeliges Hemd.

„Lasky. Tagesspiegel", stellte Herr Lasky sich vor. „Mein Sohn Jon, Frau Gerber, die Mutter des verschwundenen Mädchens."

„Ich bin Hauptkommissar Ben Meyer. Kommen Sie."

Sie nahmen den Lift in den dritten Stock, gingen über einen langen Korridor. Rechts und links Türen, manche standen weit offen, andere waren verschlossen. Jon sah keinen einzigen Polizisten in Uniform.

Ben Meyer führte sie in sein Büro und schloss die Tür hinter sich. „Nehmen Sie Platz."

Er wies auf ein paar Plastikstühle und verschanzte sich hinter seinem Schreibtisch. Ben Meyer war blond und braun gebrannt und hatte riesige Hände, mit denen er in einem Stapel Papiere zu wühlen begann. „Haben Sie den besagten Laptop dabei?"

Jon legte ihn auf den Tisch.

„Geht sofort in die Technik." Ben Meyer wählte eine Nummer und bellte „vorbeikommen!" in den Hörer. „Nun brauchen wir alles an Infos, was Sie haben. Alles." Er sah Jon durchdringend an.

„Geht klar." Jon räusperte sich. Er begann mit den Projekttagen, Kris' Rückkehr auf das Hausboot und Akis Veränderung. Dann kam er auf Vals Entdeckung zu sprechen, dass jemand auf Kris' Festplatte gewesen sei. Er verknüpfte diese Information mit dem Hinweis auf Vals Facebookkontakt mit einer gewissen Isa und erklärte, warum er glaubte, dass Isa ein Köder sei. „Als du, Kris und Val von Dr. Linz zurückkamt, hat Kris was von dieser Isa gefaselt", wandte sich Jon an seinen Vater. „Mir kam das spanisch vor. Warum deutet sie nicht mal was an, in einer privaten Mail oder so? Warum wollte sie sich unbedingt mit uns treffen?"

„Einsichtig", knurrte Ben Meyer. „Weiter."

Allmählich fühlte Jon sich sicherer. Er konzentrierte sich auf die Zusammenhänge, die er sich heute morgen zurechtgelegt hatte. Er berichtete von ihren Recherchen zu Psychosen und wie sie Ellen ausfindig gemacht hatten.

„Kris hat sich mit Ellen getroffen?", fragte Meyer scharf nach.

Eine Frau klopfte und trat ein.

Meyer reichte ihr den Laptop. „Wir brauchen noch zwei Handyortungen", wies er sie an und diktierte ein paar Ziffern. Kris' und Vals Handynummern.

Die Frau ging ohne ein Wort hinaus.

„Sie hat ihm eingeredet, seine Schwester hätte eine Psychose", erinnerte sich Jon.

„Klar. Psychiatrisierung", nickte Meyer. „Damit haben wir es häufig zu tun."

Frau Gerber sah zwischen Meyer und Jon hin und her. „Ich hatte keine Ahnung, dass Val in solche Machenschaften geraten ist!"

„Wir wollten Kris helfen, seine Schwester zu finden", verteidigte sich Jon.

„Warum seid ihr nicht zur Polizei gegangen?", fuhr Vals Mutter ihn an.

„Wir *sind* zur Polizei gegangen!"

„Die Kollegen haben die Sache nicht richtig eingeschätzt“, grunzte Ben Meyer. „Sie haben sogar ziemlich tief ins Klo gegriffen. Allerdings hatten sie auch nicht ausreichend Informationen, um die Zusammenhänge herzustellen.“

Das musste er mir natürlich reinreiben, dachte Jon genervt.

„Welche Zusammenhänge?“ Frau Gerber sah völlig verloren aus.

„Ihre Tochter und die beiden Jungs“, Meyer warf einen Blick auf Jon, „sind einer Bande von Kriminellen in die Quere gekommen. Haben deren kostbare Versuchsanordnungen gestört und zu viel herumgeschnüffelt. Vermutlich haben die Pharmaheinis sogar genaue Kenntnis darüber, wo ihr euch in den vergangenen Tagen im Internet bewegt habt, und haben eure Mails gelesen.“

Jon wurde kalt. Er beobachtete eine Fliege, die sich auf Meyers Hemd niederließ.

„Kris hat sich mit einem gewissen Cäsar getroffen. Ein Blogger. Angeblich ein Opfer von Medikamententests. Sie haben sich über E-Mail verabredet.“ Jon nannte die Eckdaten.

Meyer hämmerte auf seine Tastatur ein. Jon wunderte sich, dass er mit seinen riesigen Fingern überhaupt die richtigen Tasten traf.

„Da haben wir ihn.“ Er klickte sich durch ein paar Programme. Zwei Minuten später sagte er: „Dieser Cäsar heißt im richtigen Leben Ludwig Gent. Hat damals Anzeige erstattet, gemeinsam mit den anderen Überlebenden der Tests.“ Wieder griff er zum Hörer. „Berger? Such dir einen Kollegen und hängt euch an einen gewissen Ludwig Gent ran. Ja, sofort.“

Dieser Meyer ging ganz schön ran. Kein Vergleich mit Kommissarin Meixner und ihrem uniformierten Adju. Die hatten er, Kris und Val ja fast zur *Susanna* tragen müssen, damit sie was unternahmen.

„Dein Vater deutete an, dass ihr noch ein anderes Abenteuer bestanden habt. Mittwochabend, wenn ich richtig informiert bin."

Jon wechselte einen Blick mit seinem Vater. Verdammt, warum zwang Ben Meyer ihn, diese durch und durch bescheuerte Geschichte noch mal zum Besten zu geben? Er berichtete von der Probe aus dem Wassertank und den beiden Typen im Mercedes. Meyer verlangte eine genaue Beschreibung der Männer, obwohl Jon nur den Beifahrer gesehen hatte. Neben sich hörte er Frau Gerber aufschluchzen.

Ben Meyer war ein erfahrener Ermittler. Er konnte zuhören und aus Kleinigkeiten die richtigen Schlüsse ziehen.

„Val hat unheimlich viel herausgefunden über die Geschäfte der Pharmaindustrie", platzte es aus Jon heraus. „Sie hat sich richtig in ihre Recherchen verbissen!"

Ben Meyer lehnte sich zurück. Draußen donnerte es.

„Weißt du", sagte er und es schien, als spräche er nur zu Jon. „Was uns interessiert, sind die Schnittstellen zur organisierten Kriminalität. Zu internationalen Banden, die den Pharmafatzkes zuarbeiten. Die Labore mit Geld versorgen und später Dienstleistungen zurückhaben wollen. Du verstehst?"

„Ich glaube, ja", murmelte Jon.

„Glinka InterLabs ist in eine Abhängigkeit geraten", fuhr Ben Meyer fort. „Vielleicht von der Mafia. Die haben Glinkas Tests mit Millionen finanziert. Jetzt wollen sie Ergebnisse sehen."

Er wippte auf seinem Bürostuhl. „Wir beobachten Glinkas Operationen seit einer Weile. Aber die deutschen Behörden konnten ihm nichts anhaben. In Deutschland hat er gegen kein einziges Gesetz verstoßen. In Russland schon. Da beginnt das Problem. Natürlich fährt Dr. Joseph Glinka nicht persönlich nach Moskau und sammelt Obdachlose ein, um menschliches Material für irgendwelche Tests zu haben. Für die Drecksarbeit hat er seine Leute. Er kümmert sich um die wissenschaftliche Seite."

„Aber du hast doch gesagt, die Klinik in Russland wäre geschlossen worden", wandte Jon sich an seinen Vater.

„Eben. Und?" Ben Meyers Augen durchbohrten Jon.

„Okay." Jon leckte sich über die Lippen. „Ich glaube, ich weiß, was Sie meinen. Seine russischen Partner haben Geld verloren. Jetzt setzen sie Glinka die Knarre auf die Brust."

„Der Mann ist am Durchdrehen", bestätigte Meyer. „Um in anderen Ländern mit laxen Vorschriften testen zu können, fehlt ihm momentan das Geld. Also versucht er, sich hier in Deutschland mit wenig Aufwand zu betätigen und wieder ins große Geschäft zu kommen. Vermutlich hat er ein Gebäude aufgetrieben, das er als Klinik umfunktionieren kann, ohne große Kosten, und kümmert sich selbst oder mit einem Minimum an Leuten um die Versuchskaninchen ."

„Aber wo führt er die Tests durch?", fuhr Frau Gerber dazwischen.

„Wir haben ein paar einschlägige Orte überprüft. In Berlin, Brandenburg und Mecklenburg-Vorpommern. Bisher ohne Resultat. Aber Menschen, die unter Druck stehen, machen Fehler. Es ist nur eine Frage der Zeit, bis wir ihn kriegen."

„Aber was testen sie?" Vals Mutter beugte sich vor.

„Neuroleptika." Jons Gesicht glühte. Er, das Mittelmaß, wusste mal was.

„Das wäre logisch, Jon", ging Ben Meyer dazwischen. „Aber in dem Fall muss ich dich korrigieren. Glinka InterLabs ist an einer ganz anderen Sache dran. Und ich fürchte, diese Chose ist übler und gefährlicher als alle Neuroleptika und Tranquilizer zusammen."

Kris lag im Bett und presste seinen heißen Kopf in die kühlen Kissen. Er war todmüde. Seine Gedanken wanderten zu Val, zu Aki, zu Jon.

Zu seinen Eltern.

Es gab Ereignisse, die zerrissen einem das Leben. Selbst wenn die Wunden heilten, wirklich vorbei war der Schmerz nie. Er konnte unerwartet zurückkehren und einen fast genauso aus dem Gleichgewicht werfen wie beim ersten Mal.

Kris hätte am liebsten geheult.

Er hatte sich in Val verliebt. Und vielleicht war sein Leben schon zu Ende. Er würde als Verfügungsmasse für Glinkas Tests verheizt werden.

Er warf sich das Kissen über die Augen, um das grelle Licht auszublenden.

Es war völlig still. Kein Geräusch zu hören. Er konnte mit niemandem reden.

Wie lange hält ein Mensch das aus, ohne überzuschnappen?

Sein Gehirn weichte langsam auf.

Kris hatte keine Ahnung, ob Tag oder Nacht war.

Val … wenn sie irgendwo hier in der Nähe war, worüber würde sie nachdenken? Bestimmt konnte sie sich besser an das Gespräch bei Dr. Linz erinnern. An die Feinheiten.

Konnte es klug sein, Glinka mit dem zu konfrontieren, was sie wussten?

Kris keuchte. Sein Atem ging rasend schnell. Er hatte das Gefühl, das Tempo seiner eigenen Atemzüge würde ihn umbringen. Weil er drauf und dran war, gar keine Luft mehr zu kriegen.

Er zwang sich, nicht zum Waschbecken zu gehen und zu trinken. Falls auch hier was im Trinkwasser war. Er musste den Durst aushalten.

Plötzlich überkam Kris eine wahnsinnige Wut. Warum musste ausgerechnet ihm so was passieren? Rasend vor Zorn schleuderte er das Kissen aus dem Bett. Am liebsten wäre er mit vollem Karacho gegen die Wände gerannt. Aber er durfte nicht, er durfte nicht. Sie hatten ihn vollkommen in der Hand. Er würde sich nur selbst schaden. Ihnen einen Vorwand liefern, ihm noch Schlimmeres anzutun. Angst stieg in ihm hoch. Er fühlte sich grauenvoll allein.

Kris musste eingeschlafen sein. Er hatte keine Ahnung, wie viel Zeit vergangen war. Er hörte Stimmen. Als er die Augen öffnete, sah er die goldgerahmte Brille über sich. Leider befand sie sich auf Glinkas Nase. Sein Herz raste. Außer Glinka waren noch mehr Menschen im Zimmer. Kris fühlte die Anwesenheit anderer, noch bevor kräftige Finger seinen Arm nahmen, ihn oberhalb der Ellenbeuge abbanden. Jemand sprühte etwas Kaltes auf seinen Arm.

Kris riss sich los. Er wälzte sich auf die andere Seite und stürzte vom Bett. Auf den Knien landend, rappelte er sich auf und riss die Staubinde herunter.

Neben Joseph Glinka stand Ellen. Sie hatte eine Spritze in der Hand und starrte fassungslos auf Kris. Der hielt sich an der Matratze fest und ging um das Bett herum, auf Glinka zu. Seine Faust schoss unvermittelt vor. Er verfehlte die goldene Brille um Millimeter.

Zwei Kerle in Polohemden waren beinahe sofort bei ihm. Sie hatten die Ausmaße von Cäsar, aber anstatt aus Fett bestanden sie zu 99 Prozent aus Muskeln. Sie hielten Kris so fest, dass er vor Schmerz in die Knie ging.

„Also doch nicht kooperationsbereit“, stellte Glinka trocken fest. „Du wirst verstehen, dass wir dich in diesem Zustand unmöglich zu Aki bringen können.“

„Wo ist meine Schwester? Und wo ist Val?“, brüllte Kris.

Er trat nach den Gorillas, die regslos neben ihm standen und seine Tritte vermutlich nicht einmal spürten. Nie in seinem Leben hatte er sich so hilflos gefühlt.

Die beiden verfrachteten Kris auf einen Wink ihres Chefs hin auf das Bett und fixierten seine Hand- und Fußgelenke mit dicken Klettbändern am Bettrand.

Kris tobte. Vielleicht eine halbe Minute. Dann sackte sein Verteidigungswille in sich zusammen. Er rührte sich nicht mehr. Seine Reserven waren aufgezehrt.

„Meine Herren, Sie werden nicht mehr gebraucht.“ Glinka schickte die beiden Brecher mit einer Handbewegung aus dem Zimmer. „Kommen Sie zurecht, Ellen? Fünf Milliliter dürften genügen.“

„Sicher.“ Ellens Stimme klang sehr entschlossen.

Kris’ Verzweiflung wandelte sich in unbändigen Hass. Aber er rührte sich nicht. Sehr viel an seinem Körper gab es auch nicht mehr, was er hätte bewegen können.

Die Staubinde wurde erneut festgezurrt. Das Desinfektionsmittel kühlte seine Ellenbeuge. Die Tür schloss sich, als Glinka hinausging. Kris hätte jetzt um sein Leben flehen können. Er hätte heulen oder Ellen erklären können, wie es in ihm aussah.

Ellen drückte die Luft aus der Nadel, bis ein Tropfen klarer Flüssigkeit hervorquoll. Sie tastete nach der Vene in seinem Arm.

Kris biss die Zähne zusammen und wartete auf den Einstich.

Das Schlimmste war die Hilflosigkeit. Sein Rücken schmerzte.

Kris lag einfach da, dem grellen Licht ausgesetzt. Er fror.

Er konnte sich nicht bewegen. Nicht einmal seine Lage verändern. Er könnte hier sterben. Wenn sie ihn nicht losbanden, ihm nichts zu trinken gaben, wäre er in weniger als einer Woche tot. Er hatte keine Kraft, an seinen Fesseln zu ziehen. Oder zu versuchen, die Klettverschlüsse zu lösen. Vielleicht indem er seine Hände hin und her drehte. Stunden, wenn es sein musste. Tage.

Er konnte nicht. Er konnte und wollte nicht.

Sein Hals war trocken. Das Waschbecken dort an der Wand erschien ihm wie das Paradies. Die Erfüllung all seiner Wünsche.

Vor seinen Augen tanzten bunte Kreise. Wahrscheinlich, weil das Licht ihn so brutal blendete.

Er hatte vorhin überreagiert, als ihm gedämmert war, dass er eine Injektion bekommen würde. Die Typen saßen am längeren Hebel. Die beiden Muskelpakete hatten seinen Aufstand im Handumdrehen niedergeschlagen. Vermutlich war das ganze Gebäude, in dem sie ihn gefangen hielten, von solchen Riesen bewacht.

Val hätte so einen Fehler nicht gemacht.

Val.

Ein warmes Gefühl durchströmte Kris. Seltsam tröstlich. Er würde sterben, aber wenigstens hatte er ein Mädchen geliebt.

Kris döste ein.

Er schreckte hoch, weil das Licht ausging.

Die plötzliche Dunkelheit versetzte ihn in Panik. Er riss an den Fesseln. Sein Rücken tat weh. Er hob den Kopf.

Allmählich gewöhnten sich seine Augen an die Finsternis. Sie war kalt und undurchdringlich. Sosehr er zuvor das grelle Licht verflucht hatte, sosehr sehnte er es jetzt herbei. Hoffte mit aller Kraft, dass die Lampen wieder angehen würden. Dass jemand käme und seine Fesseln löste. Und dass er was trinken konnte. Er hustete.

Irgendwo weit weg summte etwas. Und die roten Kontrollleuchten an den Videokameras leuchteten nicht mehr. Kris drehte den Hals, um in alle vier Ecken schauen zu können. Doch er täuschte sich nicht.

Der Strom musste ausgefallen sein.

Bedeutete das etwas Gutes für ihn? Oder eine neue Katastrophe?

Wenn sie keinen Strom hatten, konnten sie ihn nicht beobachten. Und sie konnten ihn auch nicht hören.

Kris spürte einen zarten Lufthauch. Etwas Kühles streifte seinen Körper. Er fröstelte.

„Wer ist da?“, wisperte er so heiser, dass er sich selbst kaum verstand. Seine Stimme klang wie ein zerbröselndes Herbstblatt.

Fremde Lippen berührten sein Ohr.

„Kein Wort!“

Kalte Hände glitten über seinen Arm und lösten die Fesseln an seiner linken Hand. Sofort riss er den Klettverschluss an der anderen Hand auf. Er richtete sich auf und tastete zu den Fesseln um seine Fußgelenke, aber die andere Person war schneller.

„Steh auf!“ Auch diese Anweisung kam so leise wie ein Hauch.

Er gehorchte. Ohne zu wissen, auf wen er sich einließ.

Eine Hand griff nach seiner und zog ihn hinter sich her. Eine Frauenhand. Weich und mit langen Fingernägeln.

Kris sah und hörte nichts.

Sie schlichen durch undurchdringliche Dunkelheit. Kurz flammte in der freien Hand der Frau, die ihn führte, eine Taschenlampe auf.

Er sah ihre Silhouette. Sie war klein, hatte Locken und trug einen weißen Labormantel.

Kris riss seine Hand los.

„Spinnst du?“, zischte Ellen.

„Lass mich in Ruhe!“ Kris zitterte. Schweiß strömte aus allen Poren seines Körpers. Sein T-Shirt klebte am Leib. Gleichzeitig fror er.

„Mach keine Mätzchen! Wir haben maximal zwanzig Minuten. Bis dahin kriegen sie das Notstromaggregat an. Dann haben wir keine Chance mehr!“

Kris ließ zu, dass sie nach seiner Hand griff und ihn weiterzog.

„Wohin gehen wir?“, flüsterte er.

„In den Keller. Halt jetzt die Klappe!“

Der Boden unter Kris’ Füßen, eben noch glatt, wurde rauer. Ellen stieß eine Tür auf. Sie fiel schwer hinter ihnen ins Schloss. Ellen atmete hörbar aus, während sie einen Riegel vorschob.

„Jetzt geht es eine Treppe runter. Sei vorsichtig."

„Wo ist Val? Wo ist Aki?"

„Klappe!"

„Wie soll ich dir vertrauen, wenn du nichts sagst?", wehrte sich Kris.

„Vertrau mir oder nicht, aber halt den Rand!"

Die Treppe war lang. Kris zählte vierzig Stufen.

„Wir sind unten", flüsterte Ellen. Sie öffnete noch eine Tür. Das Quietschen zerschnitt die Stille wie ein rostiges Messer.

Kris hielt den Atem an. „Wo sind wir?"

Ellen schloss die Tür hinter ihnen und zog ihn weiter.

„Der Keller hat eine separate Stromversorgung. Wurde vor 30 Jahren als Atombunker gebaut. Irgendein Spinner hatte Angst vor der Bombe. Das System kann von oben nicht bedient werden und ist abgesichert gegen Blitzschlag und so weiter." Sie sprach jetzt lauter. „Wir sind hier völlig abgeschirmt."

„Aber wie kommen wir raus?" Kris spürte eine solch heftige Sehnsucht nach Tageslicht, dass er erschauerte. Seine Füße waren eiskalt.

„Abwarten." Ellen ließ seine Hand los und richtete den Strahl der Taschenlampe auf ihn. „Ich habe dir die Spritze mit dem Beruhigungsmittel nicht gegeben, Kris. Ich habe die Nadel knapp neben deinem Arm in die Matratze gerammt. Von den Beobachtungsräumen musste es so aussehen, als ob sie in deiner Vene landet." Sie setzte sich wieder in Bewegung.

„Warum ist der Strom ausgefallen?" Er hastete hinter Ellen her durch gewundene Gänge, an deren Decken sich dicke Rohre wanden.

„Wir hatten ein furchtbares Gewitter. Halb Berlin ist ohne Strom."

„Wir sind noch in Berlin?"

„Was dachtest du denn!", gab Ellen abschätzig zurück.

Kris brummte der Schädel. Hatte Ellen wirklich die Seiten gewechselt?

Ellen blieb vor einer Tür stehen, auf der das Nuklearzeichen klebte. Sie klopfte dreimal.

„Wer ist da?", kam es von innen. Vals Stimme!

„Wir sinds!", antwortete Ellen.

Kris wischte sich die feuchten Finger an den Jeans ab. Dabei spürte er die drei Pillen unter dem Stoff.

„Kommt rein." Knirschend drehte sich die Tür in ihrer Verankerung wie die Kabinentür eines Flugzeugs. „Hat ja lange gedauert!" Vals blondes Haar stand in alle Richtungen. Kris starrte sie an wie eine Erscheinung. Auf ihrer Stirn prangte ein blauer Fleck. Ihre Lippen waren aufgesprungen.

„Er hat Sperenzchen gemacht."

„Habe ich nicht!", brummte Kris.

Vals Blick wanderte von seinen Socken bis zu seinem Gesicht. In ihren Augen sah Kris etwas Ungewohntes. Entsetzen? Müdigkeit?

„Nun komm endlich rein!", befahl Val knapp.

Er wollte sie umarmen. Und wollte es wieder nicht.

Etwas war anders geworden an Val.

Sie schlüpften durch die Tür. Val schloss sie, indem sie an einem Rad kurbelte, es schließlich mit einem Bügel blockierte und sagte: „Hier kommt keiner rein. Selbst mit Dynamit nicht. Die können draußen einen Atomkrieg führen. Wir würden nicht mal was mitkriegen."

Sie ging voran. Ein Korridor, rechts und links Türen. An manchen klebten Poster in poppigen Farben.

„Woher kommt die Luft?", fragte Kris.

„Ein ausgeklügeltes System. Ellen hat die Pläne gefunden."

„Wie habt ihr das geschafft?"

„Nachdem Ellen sich mal entschieden hatte, auszusteigen, war es keine große Sache mehr."

„Und du? Haben sie dir nichts gespritzt?"

„Ellen hat nur so getan, als ob. Aber bei dir hat ihr Boss wohl genauer hingeschaut. Übrigens: Aki ist hier."

Kris blieb stehen. Seine Knie wurden weich.

„Was?"

„Aki ist hier. Wir haben sie mit hier runtergenommen." Val stieß die letzte Tür auf der linken Seite auf. Sie führte in einen Vorraum und von dort in ein großes Zimmer. Ein hässlicher brauner Teppich auf dem Boden. Vier Stockbetten an den Wänden. Regale voller Bücher, Wasserflaschen und Konserven. Ein Schrank ohne Türen, vollgestopft mit Medikamenten. In der Mitte ein Tisch und ein paar Stühle. Mit Abstrichen sah es aus wie in der Jugendherberge an der Ostsee.

In einem der unteren Betten lag eine Frau. Ihr dunkles Haar war über das Kissen gebreitet. Sie war abgemagert. Die Wangenknochen traten überdeutlich hervor.

„Aki?“, flüsterte Kris. Er ging neben dem Bett seiner Schwester in die Knie und fuhr ihr mit dem Zeigefinger übers Gesicht. Sein Herz raste.

Sie hob die Hand. Eine Dauerkanüle steckte darin, festgeklebt mit einem schmutzigen Pflaster.

„Hi, Kris“, sagte sie. „Ziemliche Scheiße, was?“ Ihre Stimme war so schwach, dass es Kris die Luft abschnürte. Bei jedem ihrer Atemzüge entstand ein pfeifendes Geräusch.

„Aki, was haben die mit dir gemacht?“

Sie lächelte und schloss die Augen.

„Was ist mit ihr?“ Kris fuhr herum. Ellen trat neben ihn.

„Wir können das Medikament nicht sofort absetzen, Kris“, sagte sie. „Das würde schwere Entzugserscheinungen auslösen. Deswegen reduzieren wir es. Tag für Tag. Bis sie runter ist von dem Zeug.“

Kris sank auf Akis Bettkante. Sein Mund war trocken wie Staub.

„Gib mir was zu trinken.“

Ellen reichte ihm eine Flasche Volvic. Kris riss sie ihr aus der Hand. Er trank das Wasser in einem Zug aus.

„Kann ich dir trauen?" Er sah Ellen direkt in die Augen.

„Ich habe dich hier runtergebracht, oder? Und deine Freundin und deine Schwester auch."

„Was für Experimente sind das, die ihr hier macht?" Er warf einen Blick auf Aki. Sie hatte die Augen geschlossen.

„Ihr seid ziemlich weit gekommen", sagte Ellen. Sie setzte sich auf ein freies Bett.

„Was meinst du?"

„Glinka und sein Team haben unsere Spuren im Netz verfolgt. Sie wussten jede Minute, auf welchen Seiten wir surfen", mischte Val sich ein. Im fahlen Licht sah ihr Gesicht grau aus. „Jon war total gegen die Facebook-Gruppe. Offensichtlich hatte er recht."

Kris würde nie mehr einen Computer anrühren. Das Internet war für ihn gelaufen.

„Und diese Isa – die war ein Lockvogel?"

„Klar! Die Kerle waren voll informiert. Erinnerst du dich an den seltsamen Anruf auf deinem Handy? Das war bestimmt auch einer von Glinkas Leuten."

Kris schluckte. Das musste er erst mal verdauen.

„Du hast ein Mittel in unseren Wassertank getan", sagte er leise zu Ellen. „Du wolltest uns umbringen!" Seine Stimme zitterte. Ellen war zwar zu ihnen übergelaufen, hatte ihn aus der weißen Folterkammer dort oben geholt, aber sie war auch Urheberin all der grässlichen Dinge, die er in der letzten Woche durchgemacht hatte. Wenn er allein an seine Angst um Aki dachte, könnte er sie mit bloßen Händen erwürgen.

Ihre Lippen bebten.

Er verachtete sie.

„Es gibt grob zwei Typen Menschen. Die einen, die gerne was wagen und einfach loslegen. Wie Aki“, sagte Val matt, weil Ellen anscheinend die Sprache verloren hatte. „Und die anderen, die lieber zuschauen, wenn andere ein Risiko eingehen.“

„Und?“, fragte Kris ungeduldig. Ihn nervte das alles schrecklich. Kann man Menschen wirklich einfach in Schubladen stecken?

„Glinka und Konsorten arbeiten an einem Medikament, das genau diese Zweiteilung ausgleicht: Der zurückhaltende Familienvater wird zum angstfreien Zombie, der nach Nervenkitzel lechzt. Die menschliche Superbombe, die in unklaren Situationen vorprescht, ohne auf die Gefahren zu achten.“

„Das ist ja Wahnsinn!“ Kris warf einen Blick auf Aki. Er war wütend. Unglaublich wütend auf Ellen, auf Glinka, auf diesen Keller. „Du musst mit dem Medikament ja nicht gleich einen Terminator herstellen“, erwiderte Val. „Überleg mal: Manche Menschen machen einen ganz normalen Schreibtischjob. Dann werden sie in eine Verhandlung geschickt. Sie haben noch nie vor so vielen Leuten gesprochen. Geschweige denn die Angelegenheiten ihrer Chefs vertreten. Sie brauchen ein bisschen Mumm in den Knochen.“

„Einen Mutmacher?“, fragte Kris ungläubig.

„Alanzon N“, kam es von Ellen. „Das Medikament ist mein Kind.“

„Kind?“, fragte Kris schneidend.

„Es ging darum, den Leuten mehr Courage zu geben“, verteidigte sich Ellen. „Alanzon N sollte Desinteresse an Normen auslösen, den Patienten Anstoß geben, abzuweichen, Anweisungen zu ignorieren. Freier zu werden.“

„Verquirlte Scheiße!“, stieß Kris hervor. „Mut kann man nicht mit einem Medikament herstellen.“

„Sie ist einer riesigen Lüge aufgesessen“, sagte Val halblaut mit einem Blick auf Ellen. „Sie hat wirklich daran geglaubt.“

„Aufbegehren gegen die Obrigkeit – auf Rezept? Ich lach mich schlapp!“

„Warte, Kris. Es gab noch eine andere Seite.“ Val hob müde die Hand.

„Wie immer, ja?“ Kris lachte. Es klang hohl in seinen eigenen Ohren.

„Setz dich und hör zu!“ Sie leckte über ihre schorfigen Lippen. „Alanzon N sollte noch etwas anderes können. Es sollte im Gegenzug aus Ellenbogenmenschen sanftmütige, höfliche Gesellen machen, die den anderen den Vortritt lassen.“

„Du meinst, irgendwelche Käuze werden zu glatt gebügelten Befehlsempfängern?“

„Sie sollten einfach effektiv arbeiten“, antwortete Ellen leise.

„Hast du dein Medikament selbst gefressen? Bist du deshalb so bescheuert drauf?“

„Psychopharmaka können Glücksgefühle, Lethargie und Gehorsam hervorrufen. Frohen Gehorsam. Die Patienten akzeptieren Normen, ohne sie zu hinterfragen. Undenkbar für sie, aus dem Rahmen zu fallen.“

„Der allzeit lächelnde Untergebene“, ergänzte Val.

„Was wolltet ihr da produzieren: Sklaven?“ Kris’ Stimme überschlug sich.

„Aki war eine geeignete Testperson“, flüsterte Ellen. „Wagemutig, kühn. Wir wollten herausfinden, ob solche Menschen zu braven, vorsichtigen, zurückhaltenden …"

„Du Monster!", schrie Kris Ellen an.

„Still!" Val zeigte mit dem Kinn auf Aki. „Lass sie schlafen."

„Wird sie wieder normal?"

„Wenn du Bedenken hast, ob Aki wieder zu der Frau wird, die du kanntest, kann ich dich beruhigen", antwortete Ellen steif. „Nach gut zwei Wochen Einnahme entsteht zwar eine gewisse Abhängigkeit, aber dauerhaft sind keine Schäden zu erwarten."

„Schäden?" Kris dachte an Cäsar. „Unter deinen Händen sind Leute gestorben."

Ellen zuckte zusammen. Offenbar war sie schockiert, dass jemand davon wusste. Sie fing sich jedoch wieder und setzte ihre Verteidigung fort. „Ist dir klar, wie viele Milliarden Menschen auf dieser Erde leben? Wie explosiv die Stimmung in vielen Teilen der Welt ist? Geh nach Nordafrika. Wie sollen die Leute mit ihren Konflikten fertig werden? So aufgeheizt und gehirngewaschen, wie die sind."

„Dachtest du, ihr fliegt mit Hubschraubern über irgendeinen Krisenherd und lasst euer Mittel ab?" Kris konnte es nicht fassen. Das war keine Science-Fiction, das war einfach naiv.

„Dr. Glinka glaubt daran." Ellen biss trotzig die Lippen aufeinander.

„Er glaubt wahrscheinlich auch, dass er den Menschen was Gutes tut. Statt dass man ihnen dazu verhilft, ihre Probleme zu lösen!" Kris holte tief Luft.

„Vielleicht ist was Wahres dran an dem, was Ellen sagt!" Val betrachtete den abgesplitterten Lack an ihren Fingern. „Bis heute hat das mit dem Konfliktlösen ja nicht geklappt. Wäre es nicht besser, die Leute erst mal zu beruhigen? Kann ja sein, dass sie nur so an den Verhandlungstisch finden."

Vielleicht, dachte Kris. Vielleicht stimmt das. Aber es fühlt sich falsch an.

„Ein Medikament soll das fertigbringen? Die Gemüter abkühlen und gleichzeitig die Planlosen zu harten Knochen machen?"

„Paradoxe Wirkungen, Kris", meinte Val. „Haben wir alles recherchiert."

„Alanzon N ist ein Mix aus verschiedenen Wirkstoffen", meldete Ellen sich zu Wort, aber Kris hörte ihr nicht mehr zu. Er sah seine Schwester an. Die hohen Wangenknochen, die sich scharfkantig von ihrem Gesicht abhoben. Das dunkle Haar, fettig, lange nicht gewaschen. Die hoch gewölbten Augenbrauen.

„Dort oben liegen knapp 70 Testpersonen in ihren Betten. Isoliert. Jeder für sich. Keine Kommunikation. Sie werden fixiert. So sieht es aus." Val sah Kris in die Augen. „Aki ist nicht das einzige Versuchskaninchen. Es geht nicht nur um uns!"

Er hatte keine Kraft mehr, sich aufzuregen. So ungeheuerlich das alles war – er war einfach nur froh, dass sie Aki jetzt hier unten hatten.

„Was haben sie mit dir gemacht?", flüsterte er und strich mit dem Finger über den blauen Fleck auf Vals Stirn.

„Nichts anderes als mit dir, vermute ich. Ruhiggestellt. Isoliert. Wenn Ellen nicht gewesen wäre … ich wäre durchgedreht."

„Wie kommen wir hier raus?", fragte er tonlos, während er den Blick durch den fensterlosen Raum schweifen ließ. Es war kühl. Seine Füße waren Eisklumpen. „Und welchen Tag haben wir eigentlich?“

„Sonntagvormittag, 11 Uhr 22“, kam es wie aus der Pistole geschossen von Val. „Ich hab mein Handy im Auto zwischen die Polster geschoben.“

„Du – was?“

„In dem Auto, das uns weggebracht hat, Kris!“

„Ich habe nichts mitgekriegt.“

„Nein, die haben dich gezielt außer Gefecht gesetzt.“

„Und dich nicht, oder was?“

„Ich habe so getan, als hätte mich der Schlag auf die Halsschlagader komplett ausgeknockt. Dabei bin ich ziemlich schnell wieder zu mir gekommen.“ Val zuckte die Achseln. „Wir sind in Spandau. Also noch in Berlin. Nicht so weit ab vom Schuss. Wenn die Bullen auf die Idee kommen, das Handy zu orten, haben sie das Auto.“

„Aber noch lange nicht uns. Wer weiß, wo die Karre rumfährt.“

„Deswegen“, erläuterte Val und wies auf einen Stuhl, auf dem sich Pläne und Papiere stapelten, „sind wir gerade am Grübeln, wie wir der Polizei noch unter die Arme greifen können.“

„Wie stehen die Chancen?“

„Wir könnten durch die Lüftungsrohre kriechen. Dick genug sind sie. Wenn wir uns den Weg genau einprägen und Werkzeug mitnehmen, um diverse Gitter durchzusägen, und wenn die Typen oben nicht das System überwachen …“ Sie zeigte auf ein Quadrat an der Wand, das durch ein Netz gesichert war. „Hier wäre ein Einstieg.“

„Vergiss es. Aki kann da nicht durch. Allenfalls in ein paar Tagen. Falls es ihr besser geht.“

„Wenn wir zu lange warten, denken Glinka und seine Typen sich auch was aus. Besser, wir handeln schnell. Möglichst solange der Strom noch weg ist."

Kris lauschte auf Akis pfeifende Atemzüge. „Warum macht das so ein komisches Geräusch?", fragte er.

„Die Atemmuskeln krampfen", sagte Ellen.

Kris ballte die Fäuste.

„Ellen hat ihr ein krampflösendes Mittel gespritzt", sagte Val. „Wird sich geben. Das mit dem Geräusch."

Ellen schluchzte auf und rannte hinaus. Kris verachtete sie, wie er noch nie jemanden verachtet hatte.

„Wieso traust du ihr?", ging er auf Val los.

„Wir haben verdammt noch mal keine andere Wahl. Sie weiß, wie die Verhältnisse oben sind. Umbringen kannst du sie später. Okay?"

„Na gut."

Kris und Val beugten sich über den Plan des Lüftungssystems. Er sah fast aus wie ein Stadtplan, Wege, die sich ineinander verschlangen und sich wieder voneinander lösten. In einem Schutzbunker irgendwo tief unter Spandau.

Ellen brachte ihm einen Wollpullover mit Kapuze und Wollsocken aus den Beständen des Verrückten, der irgendwann seinen Keller umgebaut hatte, um im Zweifelsfall länger zu leben als seine Nachbarn. Sie warf die Sachen auf den Tisch und ging wieder.

Verstohlen beobachtete Kris Val. Er wusste nicht, wie es ihr ein paar Stockwerke höher ergangen war. Im Augenblick war er so aufgewühlt, dass er nicht einmal Dankbarkeit für Akis Rettung empfand. Wobei verdammt noch mal das letzte Wort noch nicht gesprochen war! Vielleicht kamen sie hier alle um. Trotz der Vorräte, der Wasserreservoirs und gebunkerten Medikamente. Weil kein Mensch ewig in einem Keller ausharren konnte. Seine Wut auf Ellen wuchs von Minute zu Minute. Er wünschte, sie würde einmal die grauenvolle Angst durchleben, die in all diesen Tagen sein Begleiter gewesen war. Die immer noch da war.

Die Angst, dass Aki die Experimente nicht überstehen würde. Dass sie nie wieder so sein würde, wie er sie kannte.

Die Angst um die Freundschaft mit Jon.

Die Angst, hier lebendig begraben zu sein.

„Du solltest Ellen nicht die ganze Kacke anhängen", murmelte Val, als hätte sie seine Gedanken gelesen.

„Hast du Mitleid mit ihr?"

„Nein. Aber ihr geht erst jetzt Stück für Stück auf, in was sie da reingeraten ist."

„Voll das unschuldige Opfer, wie?"

„Kris, die Welt ist nicht schwarz-weiß."

„Danke für die Belehrung."

„Womöglich hat sie geahnt, dass sie Verfügungsmasse für einen skrupellosen Wissenschaftler ist. Glinka hat ein paar Tests in den Sand gesetzt. Seine Forschung in Russland ist ins Stocken geraten."

„Sein eigenes Risiko!" Kris begriff einfach nicht, wie Val für Ellen Partei ergreifen konnte.

„Glinka hat Ellen am Halsband mitgeschleppt. Kapierst du das nicht? Sie hat von der Superkarriere geträumt …"

„… und war bereit, unschuldige Leute zu opfern! Aus reinem Ehrgeiz! Schon vergessen?"

„Nein, das nicht." Val schob die Pläne weg. „Aber mich interessiert, wie eine Frau wie Ellen dazu kommt, sich mit Haut und Haaren diesem Idioten auszuliefern. Erinnerst du dich, was Dr. Linz gesagt hat? Dass dem Labor, das Glinka betreibt, die russische Pharmamafia auf den Fersen ist?"

„Kris", meldete sich Aki zu Wort. Ihre Stimme klang schwach, er erkannte sie kaum. „Ellen hat die Seite gewechselt. Im Augenblick zählt nichts anderes."

Kris kauerte sich neben Aki.

„Wie geht's dir?"

„Beschissen ist noch geprahlt."

Kris blinzelte die Tränen weg. Verdammt, er war doch sonst keine Heulsuse. Wusste eigentlich gar nicht, wie man das machte: heulen.

„Wieso hat Ellen ihre Meinung geändert?"

„Ich hab ihr ein paar Sachen erklärt. Ihr auseinandergesetzt, wie Glinka sie für seine Zwecke verheizt. Wie sie alles mit sich machen lässt, sich dabei einbildet, es wäre für ihre Karriere. Dabei sichert sich Glinka nur seine eigenen Vorteile." Akis Atem rasselte jetzt. „Gib mir mal das Spray da."

„Was ist das?" Kris reichte ihr die Flasche.

Aki sprühte zwei Hübe in ihren Mund. „Das entspannt die Bronchien."

„Welche Chancen haben wir?", fragte Kris.

„Ihr solltet euch auf den Weg machen." Ellen war zurückgekommen. Sie stand unter der Tür. „Ehe sie oben was spitzkriegen."

„Ich gehe durch die Lüftung!" Kris sprang auf. „Ich mach's."

„Ich komme mit." Val grinste.

„Keine gute Idee. Jemand muss bei Aki bleiben."

„Lass Val mitgehen, Kris", bat seine Schwester heiser. „Ellen ist ja hier."

„Der traue ich keinen Zentimeter mehr über den Weg!" Kris staunte, wie leicht es ihm fiel, so grob über Ellen zu reden, während sie dabeistand und seine Grausamkeiten über sich ergehen ließ.

Sie brachen wenig später auf.

Kris hatte bestimmt nicht angenommen, dass es Spaß machen würde, durch Lüftungsrohre zu robben. Aber als Val das Gitter zum breitesten Rohr in dem langen Korridor abgeschraubt hatte und er sich hochstemmte, um hineinzukriechen, bekam er Panik.

„Das soll das größte Rohr sein?", rief er hinunter.

„Sei leise!" Sie band sich einen Beutel mit Werkzeug an den Gürtel und zog sich hinter ihm hoch. „So ein Röhrensystem transportiert die Stimme ganz schön weit!"

Ellen verschloss das Gitter.

„Wieso traust du ihr?", fragte Kris. Sein Herz schlug wie verrückt. Die Röhre war so niedrig, dass er kaum den Kopf heben konnte. Bei dem Gedanken, dass die Muskelprotze in den Polohemden ihnen schon auf den Fersen sein könnten, hob sich ihm der Magen.

„Los!" Sich in dem Gewirr aus Röhren zu orientieren, war nicht so einfach, wie sie gedacht hatten. Zwar hatte Val sämtliche Kreuzungen abgezählt und sich das System genau eingeprägt, aber schon nach zehn Minuten gab es ein Problem.

„Warte mal."

„Was?" Kris wandte sich um. Sein Hals war wieder so trocken, dass er kaum schlucken konnte. Es war kalt in der Röhre. Es zog von allen Seiten. Kein Wunder.

„Das Rohr hier ist im Plan nicht eingezeichnet."

„Versuchen wir es links." Kris kroch voraus. Es war dunkel hier drin, der Strahl ihrer Taschenlampen irrte über die staubigen Röhrenwände. Unter seinen Händen fühlte er die Leiber toter Insekten. Das Lüftungssystem hatte sie wer weiß wann angesaugt.

Unvermittelt stieß Kris sich den Kopf an einem Gitter. „He, hier geht's nicht weiter. Alles verrammelt."

„Lass mal sehen." Val untersuchte die Scharniere.

Kris ließ den Schein seiner Lampe über das Gitter gleiten. „Guck mal: Dahinter ist die Röhre dicht."

„Tatsache. Kommando zurück." Val lag bäuchlings neben ihm, starrte auf das tote Ende des Rohrs knappe zwei Meter hinter dem Gitter. Es war seltsam, dass sie so nah war. Sie drehte sich um und kroch zurück. Er robbte ihr nach. Sein Herz schlug dumpf.

„Val? Wie lange dauert es, bis wir hier raus sind?"

„Vielleicht eine Stunde?"

„Kriegen die Typen mit, was wir vorhaben?"

„Sie werden ruckzuck draufkommen, dass das Lüftungssystem unsere einzige Chance ist."

„Meinst du, die holen uns ein?" Das war Kris' größte Angst. Wenn er sich vorstellte, wie die Polohemden hinter ihm durch das Röhrensystem robbten und nach seinen Fußgelenken griffen, packte ihn das Grauen.

„Wenn sie dünn genug sind", kam es von Val.

Kris biss die Zähne zusammen. Er durfte sich jetzt nicht in die Hosen machen. Nicht drüber nachdenken, dass Val sich vielleicht täuschte und es von oben doch noch einen Zugang zum Lüftungssystem gab, sodass Glinkas Typen ihnen folgen konnten.

Sie kamen zu der Stelle, wo sie sich für die falsche Röhre entschieden hatten.

„Hier lang." Val nahm die einzige Alternative, die ihnen blieb.

Irgendwann würden die Röhren sie nach draußen führen. Kris

konnte den steten Luftzug spüren, und das war tröstlich. Die Frage war nur, wie viele Wege sie doppelt zurücklegten, weil sie sich in diesem Irrgarten kaum orientieren konnten.

An der nächsten Biegung sahen sie drei Tunneleingänge. Val leuchtete in den schmalsten.

„Jetzt wird's eng", verkündete sie.

„Bist du wahnsinnig? Da sollen wir durch?"

„Soll ich es allein machen?"

„Quatsch." Kris schloss kurz die Augen, dann kroch er hinter Val in eine Röhre, die so schmal war, dass er sich wie eine Schlange hindurchwinden musste. Er sah vor sich Vals Füße zappeln, verlor die Lampe, musste zurückkrabbeln, die Füße voran.

„Mach hinne!"

Zum ersten Mal hörte er in Vals Stimme Furcht mitschwingen. Nicht gerade beruhigend.

Kris tastete nach der Lampe. Erleichtert schloss er die Finger um den kühlen Griff. „Alles okay."

Nach der nächsten Biegung wurde das Rohr breiter. Kris konnte sofort besser atmen. Plötzlich hielt Val vor ihm an.

„Leuchte!" Sie zog einen Schraubenzieher aus dem Beutel. „Wir müssen das Gitter hier abschrauben."

„Das Teil ist total verrostet!"

„Sehe ich auch."

Der Rost der Jahre hatte die Schrauben festgesetzt. Bei aller Kraft, die Val aufwandte: Sie drehten sich um keinen Millimeter.

„Lass mich mal!" Aber Kris merkte schnell, dass es hoffnungslos war. Zum Durchsägen waren die Stäbe zu dick.

„Hier am Rand bröselt der Mörtel“, sagte er. „Bleibt nur eins.“

Val nickte. Stilles Einverständnis.

Sie quetschten sich nebeneinander, mit den Füßen gegen das Gitter.

„Eins, zwei“, zählte Val.

Bei drei stießen sie mit aller Kraft die Füße gegen die Stäbe. Das Gitter wackelte, gab aber nicht nach.

„Los, noch mal!“, keuchte Val.

Beim dritten Anlauf brach das Gitter aus seinem Rahmen.

„Au!“, stöhnte Kris. Irgendeine scharfe Kante hatte seine Zehen erwischt. In den Socken rann warmes Blut.

„Hast du das gehört?“, flüsterte Val und packte ihn am Handgelenk. Ihre Finger waren eiskalt.

„Was?“

„Ein … Geräusch.“

„Ein Gitter zertrümmert man halt nicht lautlos.“

„Nein. Was anderes.“

Kris spitzte die Ohren. Aber er konnte beim besten Willen nichts hören. „Du hast dich getäuscht“, flüsterte er und hoffte, dass es stimmte. „Weiter!“

Val griff nach dem Schraubenzieher und steckte ihn in den Beutel.

Nach wenigen Metern stieg die Röhre deutlich an. Sie krochen eine Steigung hinauf.

Ab und zu lauschte Kris nach hinten. Nichts war zu hören.

Val musste sich getäuscht haben.

Kurz darauf wurde der Anstieg so steil, dass Val direkt auf Kris rutschte.

„Pass doch auf!“

„Ich kann mich kaum halten!“

„Socken runter“, ordnete Kris an. „Hände und Füße gegen die Röhrenwand stemmen. Mach schon!“ Sein Fuß schmerzte.

Die Röhre machte eine abrupte Biegung.

„Neues Gitter“, verkündete Val. „Aber diesmal mit blitzblanken Schrauben.“ Val wühlte in ihrem Beutel.

Was hatte das zu bedeuten? Kris sah Vals nackte Füße knapp vor seiner Nase. Er hätte am liebsten ihre Zehen gekitzelt. Irgendwas gemacht, was diese unerträgliche Anspannung löste.

Eifrig machte Val sich mit dem Schraubenzieher zu schaffen.

„Na, wer sagt’s denn. Weich wie Butter.“

„Eigenartig, oder? Warum ist das eine Gitter vorhin dermaßen verrostet und dieses hier funkelnagelneu?“

„Bestimmt gibt es dafür eine Erklärung, Kris. Aber die ist mir piepegal, verstehst du? Ich will einzig und allein hier raus!“

Das Zittern in Vals Stimme alarmierte Kris.

Sie könnten die Pillen schlucken. Kris tastete über die Jeanstasche. Einfach, um sich ein wenig zu beruhigen.

„Es ist nicht mehr weit!“ Val leuchtete auf ihren Plan. „Das Rohr neigt sich wieder.“

Sie robbten vorwärts. Jetzt ging Kris wirklich der Arsch auf Grundeis. Die Röhrenwände schienen ihn zu erdrücken. Die Wunde an seinem Fuß pulsierte. Deutlich spürte er einen starken Luftzug. Fast wie ein Windstoß. Ihm war kalt.

„Val, sind wir bald draußen?“

„Fast.“ Sie rutschte vor ihm durch die Röhre. Kris hörte den Werkzeugbeutel gegen die Wände schlagen. Als sie abrupt bremste, prallte er auf sie. Sie richtete sich halb auf. „Schau mal!“ Sie waren in einem viel breiteren Tunnel gelandet. Hier konnten sie gebückt stehen. Hoch über ihnen führte ein Rohr senkrecht nach oben. Val zeigte stumm hinauf.

„Da sollen wir hoch?“ Kris starrte sie an.

„Dass es senkrecht nach oben geht, konnte ich im Plan nicht sehen“, wandte Val kleinlaut ein.

„Das sind mindestens vier, fünf Meter.“

„Aber dann müssten wir draußen sein.“

„Das hilft uns nichts. Selbst mit Räuberleiter kommen wir da nicht hoch.“ Frustriert schlug Kris mit den Fäusten gegen die Röhrenwand.

„Was hast du in Sport? Eine Fünf?“

„Vergiss es.“

„Wir klettern da jetzt hoch. Klar?“

Val spuckte in die Hände und begann, wie ein Äffchen durch die Röhre zu klettern. Sie stemmte Knie, Arme und Beine gegen die Wände und schob sich Zentimeter für Zentimeter nach oben.

„Los, du schaffst es!“, feuerte Kris sie an.

Val hatte Kraft und Ausdauer, aber die Röhre war lang und die Wände glatt. Kris kam ihr nach. Er drückte sich mit dem Rücken gegen die Röhrenwand und schob seinen Körper stetig nach oben.

Nach knapp der Hälfte des Weges verließen Val die Kräfte. Sie rutschte auf Kris zu. Instinktiv streckte er die Hände nach oben. Mit aller Kraft presste er Rücken und Füße gegen die Röhre.

„Shit!“, fluchte Val.

Kris packte sie am Po und hielt sie fest. „Verlagere dein Gewicht", ächzte er. „Drück den Rücken gegen die Wand. Los!" Er gab ihr einen Schubs. Eigentlich fand er, dass Vals Po wie geschnitzt in seine Hände passte.

Val hatte sich gefangen. Sie turnte nach oben.

„Perfekt, Kris! Geschafft!"

Sie zog ihn den letzten halben Meter hoch, auf ein Sims, das breit genug war, dass sie nebeneinanderliegen konnten. Direkt vor ihnen teilte sich das Röhrensystem in drei etwa zehn Meter lange Tunnel. Und alle drei führten nach draußen. Kris konnte die frische Luft riechen. Er hörte Donnergrollen und das Rauschen des Regens. Am allerbesten aber war das Tageslicht, das aus den Röhren zu ihnen hereinflutete. Nicht besonders hell. Wie an einem verregneten Sommertag eben.

„Mannomann!" Kris drehte sich schnaufend auf den Rücken.

Val zückte ihr Werkzeug. „Siehst du das Drahtgeflecht vor den Ausgängen?"

Ein Blitz erhellte das Röhrensystem.

„Draht?", murmelte Kris.

Dann hoben sie beide gleichzeitig den Kopf.

„Hast du gehört?", fragte Val beinahe lautlos.

Kris nickte. Von unten, nicht weit von dem senkrechten Aufstieg, den sie gerade geschafft hatten, drangen Geräusche zu ihnen.

„Die sind hinter uns her." Seine Lippen formten die Worte ohne einen Laut.

Val wartete nicht lange. Sie kroch in die rechte Röhre. Kris nahm die mittlere. Dieser Gang war so eng, dass er sich nur flach auf dem

Bauch liegend voranschlängeln konnte. Seine Finger berührten das Gitter. Da draußen lag die Freiheit, ein Garten, tropfnasse Büsche, eine Amsel auf einem Rasen. Aber dazwischen befand sich, hergestellt aus rostfreiem Stahl und mit bloßen Händen nicht aufzustemmen, ein engmaschiges Gitter.

„Fuck!“, stöhnte Kris.

Wieder zuckte ein Blitz und gleich darauf grollte Donner.

Wenn Val mit einem Gitter der gleichen Machart zu tun hatte, gab es keine Chance. Es war von außen in die Mauer zementiert worden. Die Maschen zu schmal, um die Säge anzusetzen.

Kris schob sich rückwärts aus der Röhre.

„Val, das hat keinen Zweck!“ Schon kroch er in den dritten Tunnel. Das gleiche Problem. Ein Gitter, völlig neu, verkantet und von außen verschraubt.

Tränen der Wut schossen Kris in die Augen. Er wand sich wie ein Wurm, rutschte zurück zu dem Sims und lauschte in die senkrechte Röhre hinunter.

Dort unten näherte sich jemand.

Die Typen in den Polohemden? Die konnten eigentlich kaum durch das enge Röhrensystem passen. Vielleicht gab es noch einen anderen Weg?

Ein lauter Donnerschlag ließ ihn zusammenfahren.

Dann sah er den tänzelnden Lichtstrahl einer Lampe am unteren Ende des senkrechten Rohres. Er fuhr zurück.

„Val“, wisperte er. „Sie sind ganz nah.“

„Sieh zu, dass du uns verteidigst. Ich fummele noch an dem Gitter.“

Womit sollte er sie verteidigen? Das Werkzeug! Kris schnappte sich einen langen Schraubenzieher.

Vielleicht kamen sie ja nicht hier hoch. Vielleicht waren sie zu unsportlich. Vielleicht, vielleicht. Kris liefen die Tränen übers Gesicht, ohne dass er darauf achtete.

Dann hörte er Val etwas rufen. Kris starrte durch die Röhre, in der das Mädchen, das er bewunderte, auf dem Bauch lag. Sie presste beide Arme gegen das Gitter und schrie: „Hilfe! Hilfe, hier sind wir!"

Kris drückte sich flach auf das Sims. Staubflusen wirbelten um seine Nase.

„Sie sind dort oben", hörte er eine Männerstimme sagen.

Kris konnte sich nicht erinnern, jemals solche Angst gehabt zu haben. Konnte Val dort draußen jemanden sehen? Vielleicht die Polizei?

„Wir kriegen die Gitter nicht auf!", brüllte Val.

Es war zu spät. Niemand würde von außen die Gitter abmontieren und sie hier rausholen können; ihre Verfolger waren einfach schneller, würden jeden Augenblick aus dem Rohr gekrochen kommen. Kris war am Durchdrehen. Val und er waren so kurz vor der Freiheit gestanden! Der nächste Donnerschlag ließ das Haus vibrieren. Kris lugte in die Tiefe. Er sah einen Kopf, quadratisch, mit dunklem Haar. Einer von den Gangstertypen.

Der Mann hob den Kopf und blickte Kris genau in die Augen.

„Ihr habt keine Chance!", sagte er und grinste hämisch.

Kris sah die Pistole im Gürtel des Mannes. Panisch rollte er ein Stück von dem Rohr weg, in einen der drei schmalen Tunnel hinein.

Es war seltsam, wie kalt und klar er seine Chancen berechnete.

Kris barg den Kopf in den Armen. Dann hörte er eine Stimme von draußen.

„Haben verstanden. Zieht euch zurück."

„Weg von den Gittern, Kris!", schrie Val.

Zaghaft hob er den Kopf. Er sah vermummte Gestalten über die Wiese laufen. Der nächste Blitz erhellte die Szenerie. Verdattert schaute Kris zu, wie ein Mann von außen irgendwas an dem Gitter befestigte. „Los, schieb ab um die nächste Ecke!", brüllte er Kris an. Auf seiner schwarzen Montur stand „Polizei".

Kris gehorchte. Rückwärts krabbelte er zurück zu dem Sims. Er hörte den prustenden Atem des Mannes, der sich die senkrechte Röhre hocharbeitete. Val warf sich neben Kris.

Eine ohrenbetäubende Explosion erschütterte das Gebäude von oben bis unten. Kris roch Staub. Er hustete.

„Los! Macht dass ihr rauskommt!", brüllte jemand von draußen.

Kris sah sich nach Val um. Sie kroch bereits durch die mittlere Röhre.

Das Gitter am anderen Ende gab es nicht mehr.

Kris schlängelte sich schneller durch den Tunnel, als er es je für möglich gehalten hätte. Jemand zog Val aus der Röhre.

Hinter ihm erklang ein Aufschrei. Verzerrt vor Überraschung und Wut. Kris drehte den Kopf. Sein Verfolger streckte den quadratischen Schädel aus dem Rohr.

„Drück aufs Gas, Junge!", kam es von draußen. Kris kroch wie von Sinnen auf die Öffnung zu. Ein brutaler Schmerz raste durch seine Seite. Er hing irgendwo fest. Seine Jeans hatten sich in den verbogenen Überresten des Gitters verfangen.

Er spürte bereits, wie sich starke Handgelenke um seine Füße schließen wollten, als jemand nach seinen Armen griff und ihn mit einem Ruck aus der Röhre zerrte.

Kris schrie auf vor Schmerz. Dann landete er auf regennassem Gras.

„Aki! Ihr müsst Aki rausholen!“, keuchte Kris. „Sie ist im Keller. Wir sind durch das Lüftungssystem raus. Val! Gib ihnen den Plan. Wo ist Val?“

Er lag auf einer Trage und wurde zu einem Rettungswagen gebracht.

„Wo ist Val?“, schrie er.

„Sie wird gerade verpflastert. Wir haben alles im Griff, Junge“, sagte eine unbekannte Stimme. Ein Gesicht tauchte über ihm auf. „Die Villa ist umstellt, meine Leute sind drin. Keine Sorge. Wir holen deine Schwester raus.“

„Wer sind Sie?“, fragte Kris argwöhnisch.

„Hauptkommissar Ben Meyer, LKA Berlin.“

Der Brechreiz kam völlig unerwartet. Kris lehnte sich nach rechts und übergab sich mitten vor die Füße des Hauptkommissars.

„Sorry“, entschuldigte sich Kris.

„Kein Problem.“

Zwei Sanitäter behandelten seine Verletzungen. Ein scharfkantiges Stück des demolierten Gitters hatte seine linke Seite von den

Rippen bis zum Knie aufgeschlitzt. Pulli und Jeans hatten Schlimmeres verhindert, aber die Wunde war voller Rußpartikel und anderem Dreck und musste gesäubert werden. Kris bekam eine Schmerzspritze. Er wurde müde und döste ein.

Als er die Augen wieder aufschlug, saß Jon neben ihm.

„Die Bullen haben das professionell gemacht, wie?“ Jon sah so stolz aus, als hätte er den Einsatz persönlich geleitet.

„Woher wussten die, wo wir sind?“

„Vals Handy war in dem Wagen, der hier die ganze Zeit vor der Tür stand. War ein Kinderspiel.“

„Wo ist Aki?“

„Sie haben sie ins Krankenhaus gefahren. Zusammen mit den anderen Testpersonen.“

Vor Kris’ Augen drehte sich alles. Ihm war immer noch höllisch schlecht.

„Und Ellen?“

„Festgenommen. Glinka und die Bluthunde auch.“

Herr Lasky kam zu ihnen.

„Na, Kris? Alles überstanden?“

„So gut wie.“

„Wenn du dich fit genug fühlst, fahren wir jetzt heim. Heute abend können wir Aki besuchen.“

„Und Val?“

„Sie hat eine Platzwunde an der Stirn und wird gerade genäht. Keine Sorge, Jungs, das macht man heutzutage so geschickt, dass kaum eine Narbe zurückbleibt.“

Kris und Jon sahen einander an.

„Es ist, wie es ist, oder?“, fragte Jon.

„Ich glaube schon.“

Sie nickten beide zugleich. Kris musste grinsen.

Als er später in Jons Bad seine verdreckten und halb zerfetzten Jeans auszog, kullerten drei weiße Tabletten auf die Fliesen. Kris hob sie auf.

Speed.

Er hätte es probieren können.

Hatte er aber nicht. Er hatte es auch so geschafft.

Kris schleuderte die Pillen ins Klo.

EPILOG

Aki konnte das Krankenhaus eine Woche später verlassen. Man hatte sie Stück für Stück von Alanzon N entwöhnt. Auch wenn sie noch etwas wackelig auf den Beinen war, schien sie Kris schon wieder fast die alte. Ihren Humor jedenfalls hatte sie nicht verloren.

Kris konnte sich zuerst nicht vorstellen, wieder auf der *Susanna* zu leben; doch er wollte es versuchen. „Willst du, dass diese Typen uns jetzt auch noch unser Zuhause zerstören, bei allem, was sie angerichtet haben?“, hatte Aki ihn angespitzt, als er ihr im Krankenhaus von seinen Zweifeln erzählte. Nein, das wollte Kris auf gar keinen Fall. Von der *Susanna* wegzuziehen, wäre ihm wie ein später Sieg für Glinka und seine Gangster vorgekommen.

Die unbekannten Fingerabdrücke auf dem Hausboot stammten von Ellen. Sie befand sich in U-Haft, genauso wie ihr Chef. Die Tatsache, dass sie die Seiten gewechselt hatte, würde ihren Richter milde stimmen. Isa war Chemiestudentin an Ellens Institut. Sie hatte sich bereiterklärt, Kris und Val zu treffen, ohne genau zu wissen, was Ellen vorhatte.

Das Wasser, das Kris aus dem Hahn in seinem Gefängnis getrunken hatte, enthielt ebenfalls Alanzon N. Zum Glück hatte er es rechtzeitig geahnt. Es war ihm gelungen, möglichst wenig davon zu trinken, sodass er kaum Nebenwirkungen zu spüren bekam.

Herr Lasky arbeitete Tag und Nacht an einer Hintergrundgeschichte für die Zeitung. Kris und Val halfen, aber die Hauptarbeit leistete Jon. Er klemmte sich dahinter, zusätzliche Informationen zu Alanzon N zusammenzutragen. Dabei stieß er auch auf immer mehr Hinweise zum Einsatz von Calmativen und anderen psychoaktiven Substanzen als nicht-tödliche Waffen. Tatsächlich schien Glinka InterLabs in diesem Geschäft kräftig mitzumischen. Herr Lasky mobilisierte einen Kontaktmann in Moskau. Er hatte vor, in den nächsten Tagen zu seiner Recherchereise nach Russland aufzubrechen und erlaubte Jon, ihn zu begleiten. Kris und Val mussten mehrere Nachmittage lang bei Ben Meyer im Büro sitzen und einer nicht enden wollenden Reihe von Beamten Rede und Antwort stehen. Am Schluss hatte Kris das Gefühl, nie mehr ein Wort über Medikamententests, Labore oder Lüftungssysteme sagen zu können.

Herr Lasky hatte recht: Vals Wunde verheilte sehr gut. Als das Pflaster abgezogen wurde, sah man nur einen rosa Strich quer über dem linken Auge. Sah eigentlich ganz cool aus. Die Kerbe passte zu ihr.

Val begleitete Kris ins Krankenhaus, als er Aki abholte. Während sie vor der Tür warteten, dass die Abschlussuntersuchung beendet war, küsste Kris Val auf den Mund.

„The cool cats I adore“, sagte er leise.

Val lächelte.

Und obwohl ihm immer noch alles wehtat, hatte Kris das Gefühl, sich seit Langem nicht mehr so wohlgefühlt zu haben.

QUELLEN

http://www.psychose.de

http://www.psychosoziale-gesundheit.net/psychiatrie/psychose.html

http://burnout-syndrom.com/behandlung-heilung/

http://www.medizinfo.de/kopfundseele/psychose/neuroleptika.htm

http://www.sgipt.org/gipt/hypak/ritalin/rit_inf0.htm

http://www.info-adhs.de

J. Bäuml: Psychosen aus dem schizophrenen Formenkreis. Heidelberg 2008. 2. Aufl.

H. Häfner: Das Rätsel Schizophrenie. Eine Krankheit wird entschlüsselt. München 2005. 3. Aufl.

H. Häfner, J. Klosterkötter, A. Bechdolf: Psychosen. Früherkennung und Frühintervention. Stuttgart 2011.

H.J. Möller, G. Laux, A. Deister: Psychiatrie und Psychotherapie. Stuttgart 2009. 4. Aufl.

Leseprobe

By the time you read this, I'll be dead

von Julie Anne Peters

Ich bin ganz zufällig auf *Durch-das-licht.com* gestoßen. Eigentlich halte ich nichts von Zufällen. Göttliche Fügung vielleicht. Mal ganz davon abgesehen, dass ich nicht an Gott glaube. Ich würde gern. Ich kann nur nicht. Mit Sicherheit gibt es eine höhere Macht, die mich leitet, denn sie hat mich zu *Durch-das-licht.com* geführt.

Ich weiß nicht mehr, wonach ich im Netz gesucht habe. Selbstmord. Tod. Testament. Genau. Testament. Ich wollte ein Testament schreiben. Es wäre rechtlich nicht bindend, weil ich noch nicht achtzehn bin. Ich dachte nur, ein Testament wäre weniger persönlich als ein Abschiedsbrief. Weniger … traurig.

www.Durch-das-licht.com erschien auf dem Bildschirm.

Mein Blick wanderte über die Textbausteine: *Abschließenden beistehen … wenn deine Zeit gekommen ist … soll nicht entmutigen oder davon abbringen … du hast das Recht, es selbstbestimmt zu beenden.*

Ich musste draufklicken und das Fenster vergrößern. *Durch-das-licht.com* ist eine Website, auf der Leute sich selbst ausradieren. Anders kann man es nicht erklären. Man muss nichts zahlen und keine Formulare ausfüllen, um das Testament legal zu machen. Wen interessieren schon rechtliche Angelegenheiten, wenn er tot ist?

Die Homepage ist schwarz-weiß. Keine Schnörkel. Keine blinkenden Werbebanner. Das gefiel mir. Wenn man auf die Seite geht, ist der Bildschirm erst ganz leer, und dann wird man geblendet von diesem weißen, gleißenden Licht. Wenn man genau hinsieht und nicht wegschaut, kann man lesen:

Bist du bereit, durch das Licht zu gehen?

Mein ganzes Leben lang war ich schon bereit.

Die Standardantwort ist *Nein*.

Ich klickte auf *Ja*.

Ein Pop-up-Fenster ging auf. Ich sollte eine Geheimhaltungserklärung bestätigen, die ich nicht vollständig durchlas. Hätte ich wohl besser. Der letzte Absatz endete mit den Worten, *Indem Sie den Bedingungen dieser Website zustimmen, entbinden Sie* Durch-das-licht.com *von jeglicher Verantwortung für Ihr Handeln*.

Zustimmen? ***Nein*** _ *Ja* _

Ich klickte *Ja* an.

Bitte berühren Sie mit dem Zeigefinger den Bildschirm.

Wozu?, dachte ich. Komisch, aber ich tat es.

Bitte warten.

Ich könnte schwören, dass ich Hitze unter meinem Finger spürte.

Stimmen Sie den Höchst- und Mindestzeitbegrenzungen zu?

Ja _ ***Nein*** _

Was soll's. Ich wollte da rein.

Ich entschied mich für *Ja*.

Vielen Dank, Daelyn Rice.

Was? Woher wusste es meinen Namen?

Ihre Identifikationsnummer lautet J_Doe180794.

Unheimlich. Der 18. Juli 1994 ist mein Geburtstag. Anscheinend hatte Dad ein Profil für mich auf dem Rechner angelegt und es nicht gesichert. Dumm. Jeder, der sich bei *Durch-das-licht.com* anmeldet, heißt J_Doe irgendwas. Anonym, geschlechtslos.

Im Hauptmenü gab es drei Wahlmöglichkeiten: *TDV, FF, WdV*.

Ich hatte keine Ahnung, was das bedeutete.

Fang am Anfang an, dachte ich mir. Ich fuhr mit der Maus auf TDV und klickte. Eine Nachricht blinkte auf.

Touchscreen aktiviert.

Mein neuer PC hat einen Touchscreen. Als meine Eltern mir wieder erlaubten, am Computer zu sitzen, überraschten sie mich damit. Natürlich von ihnen überwacht. Ich hatte schon die Touchscreens im Supermarkt benutzt. Mit dem rechten Zeigefinger drückte ich auf TDV. Eine Liste erschien.

J_Doe280954

J_Doe13392

J_Doe31285 …

Acht Leute. Oder Mitglieder. Oder Lichtimpulse.

Einen kurzen Augenblick lang war der Bildschirm leer, dann war eine riesige, kursiv geschriebene Nachricht zu lesen.

Ihr Tag der Vollendung (TDV) ist in 23 Tagen. Werden Sie vorbereitet sein, Daelyn Rice? ***Nein _*** *Ja _*

Dreiundzwanzig Tage? Das war zu lang. Jetzt war ich bereit. Ich drückte *Nein*.

Geben Sie *TDV* ein ___________.

Ich gab das morgige Datum ein, aber es kam *Ungültige Eingabe*.

Ich probierte es mit übermorgen. Wieder eine Nachricht:

Mindestzeitraum liegt bei 23 Tagen.

Dreiundzwanzig Tage waren zu lang. Ich hätte einfach aufhören und das Fenster schließen können. Aber ich tat es nicht. Irgendwie spürte ich, dass *Durch-das-licht.com* mich gefunden und von meinem größten Wunsch gewusst hatte. Ich drückte auf *Standard*. Das nächstmögliche Datum erschien: 24. April.

Das kam mir unendlich lang vor.

Die TDV Liste war wieder auf dem Bildschirm zu sehen. TDV. Tag der Vollendung. Diese Leute hatten anscheinend ihren Tag erreicht.

Die Glücklichen.

[…]

Man braucht nur den Abgleich des Fingerabdrucks, um sich bei *Durch-das-licht.com* anzumelden. Exzellente Technologie.

Willkommen J_Doe180794.

Ich berühre *TDV*.

Heute sind es fünf. Fünf Usernamen. Ich weiß nicht, wieso, aber ich frage mich, wie viele davon Mädchen sind … waren. Irgendwo habe ich gelesen, dass mehr Jungs Selbstmord begehen als Mädchen. Mädchen reden darüber. Mädchen versuchen es. Jungs tun es. Ich rechne nach, wie alt jeder von ihnen war. 22, 18, 30, 46, 15 – so alt wie ich.

Wie haben sie es gemacht? Wann? Also, um welche Uhrzeit? Morgens, nachmittags? Ich will mich morgens verabschieden. Mir Zeit lassen. Zeit, zu sterben und tot zu bleiben.

Ich gehe auf *FF*.

Ein bekanntes Fenster geht auf. Ein Diskussionsforum. Ich lebe in Foren, Chatrooms und auf Seiten, die mit Mobbing zu tun haben. Ich schreibe Geschichten darüber, wie ich jeden Tag verbal misshandelt werde, wie egal es den Erwachsenen ist und sie sogar noch mitmachen. Leute in Foren sind mitfühlend, aber eigentlich bin ich denen auch egal. Sie sind nur wegen ihrer eigenen Geschichte da.

Willkommen im Finalen Forum (FF). Hier kannst du mit anderen Vollendern kommunizieren. Wichtig: Es ist den Teilnehmern nicht gestattet, andere von der Vollendung abzubringen oder sie ihnen ausreden zu wollen. Die Missachtung des freien Willens und der Einverständniserklärung führen unweigerlich zum sofortigen Ausschluss aus dem Forum. Der Zutritt zu Durch-das-licht.com wird künftig verweigert werden. Dieses Forum wird rund um die Uhr überwacht.

Das ist tröstlich. Ich war schon in einigen Selbstmordforen, wo Leute sich anmelden und Sachen schreiben wie: „Tu's nicht. Selbstmord ist keine Lösung."

Sie kennen das Problem nicht.

Oder: „Das Leben ist scheiße. Gewöhn dich dran."

Danke.

„Selbstmord ist der einfache Weg."

Wenn es so einfach ist, wieso bin ich dann immer noch hier?

Und mein Favorit: „Gott liebt dich. Das Leben ist Gottes wertvollstes Geschenk. Du wirst Gottes Herz brechen, wenn du Sein Geschenk einfach wegwirfst."

Gott hat ein Herz? Das wäre mir neu.

Leute in Foren können sehr, sehr oberflächlich sein.

Das *Finale Forum* hat eine lange Themenliste, einschließlich:

Grundloses Gerede, Krankheit, Lebenshass, Lebensmüde, Mobbing, Scheidung, Trostlosigkeit, Vermächtnis, Versuche…

Mir gefällt das Forum jetzt schon.

Ich fange bei *Grundloses Gerede* an.

Die Zukunft hat weder Hoffnung noch Bedeutung für mich. Ich weiß, dass andere leiden werden, wenn ich mich umbringe, aber warum soll ich weiter durch diese endlose Hölle gehen? Wozu ist man denn hier, wenn man sich ungeliebt und von denen im Stich gelassen fühlt, denen man einmal vertraut und auf die man sich verlassen hat? Was ist der Sinn des Lebens, wenn man nirgends hingehört?

So wahr.

Der nächste Eintrag.

Ich bin nichts. Ich bin niemand. Ich bin weg.

Poetisch. Aber übers Leben zu philosophieren ist nichts für mich. Ich springe zu *Mobbing*.

J_Doe260392 hat geschrieben: *Ich bin nicht dünn. Aber das gibt den Leuten nicht das Recht, sich Tag für Tag über mich lustig zu machen. Es gibt ihnen nicht das Recht, mich zu verspotten, mich als hässlich und wertlos zu beschimpfen, mir zu sagen, ich solle mich lieber umbringen, weil mich sowieso niemand will, oder sich Lieder auszudenken, warum ich so fett bin und wie viel ich esse. NIEMAND. Ich wiederhole, NIEMAND HAT DAS RECHT, EIN ANDERES MENSCHLICHES WESEN SO ZU VERLETZEN.*

Mein Hals zieht sich zusammen. Die Halsmanschette fühlt sich an, als würde sie immer kleiner und schnürte meine Speiseröhre ab. Ich hebe die Hand, um die Wörter zu verdecken. Die Website verschwindet.

Ich will gehen. Sofort.

By the time you read this, I'll be dead, 256 Seiten, € 12,95

ISBN 978-3-440-12817-6

DISCONNECTED

1 Geheimnis, 3 Freunde, 6 Bücher.

Jeder Band €/D 10,99
Preisänderungen vorbehalten

Plötzlich ist Jonathan spurlos verschwunden. Seine besten Freunde Nick und Mateus machen sich gemeinsam mit seiner Ex-Freundin Liv auf eine lange und packende Suche.
Drei Autoren haben jeweils zwei Bände aus der Sicht eines der Protagonisten geschrieben. Auf dich warten sechs spannende, abgeschlossene Krimis – zwei aus der Sicht von Liv, zwei aus der Sicht von Nick und zwei aus der Sicht von Mateus. Doch am Ende interessiert alle drei nur eine Frage, die sich wie ein roter Faden durch alle sechs Bücher zieht: **Wo ist Jonathan?**

Erscheint im Frühjahr 2013

Erscheint im Frühjahr 2013

kosmos.de

Umschlaggestaltung: Mathis Weymann, Populärgrafik, Stuttgart,
unter Verwendung zweier Fotos von © iStockphoto.

Originalausgabe

Unser gesamtes lieferbares Programm und viele
weitere Informationen zu unseren Büchern,
Spielen, Experimentierkästen, DVDs, Autoren und
Aktivitäten finden Sie unter **kosmos.de**

MIX
Papier aus verantwortungsvollen Quellen
FSC® C014496
FSC
www.fsc.org

Gedruckt auf chlorfrei gebleichtem Papier

ISBN 978-3-440-12637-0
Redaktion: Dr. Iris Bierschenk
Produktion: Verena Schmynec
Innenlayout: Mathis Weymann, Populärgrafik, Stuttgart
Satz: DOPPELPUNKT, Stuttgart
Printed in Germany / Imprimé en Allemagne